歡迎光臨 鬧鬼路邊攤

細思極恐的驚悚鬼話

路邊攤 著

推薦序

當我開始寫小說許多年之後，平時看電影、小說時的心境和理解方式，已經漸漸和一般讀者、觀眾有些不同。我會在故事進行的當下，不自覺地分心預測接下來的可能發展，一面又會想「如果是我的話，會怎麼寫呢？」，再一面反覆回頭思索已經出現的各種人事物的其他可能變化……總之，我不是那麼容易專注而單純地欣賞小說或者電影，我太容易分心了。

但偶爾我也會回到過去，變回純粹的讀者和觀眾，瞪眼屏息緊追著故事接下來的發展，到了就連上廁所尿尿都嫌浪費時間的時候。這通常是當我碰到眞心覺得很有趣的作品的時候。

例如路邊攤的書。

路邊攤的敘事風格跟我差異頗大，他不像我時常很囉唆、長篇大論，而像是一把手術刀，直直劃下就是一道源源湧出恐懼、懸疑和樂趣的刀口，精準而俐落；又像是高級餐廳裡的精緻餐點，端出來的每盤菜，不多不少、份量剛好拿捏在你飽膩之前，餐盤明明空了，卻意猶未盡。

好比「回憶裡的鬼話：在童謠盡頭」裡的主角，終於解開了遺忘的童年秘密，卻又走入新的道路，讀來又有趣又飢渴；再翻下一篇，「洞裡的鬼話：鄰居的回條」，主角焦急擔憂地向鄰居傳話，試圖改變一些他不想見到的事情，而鄰居終於有了回應——然後再下一篇、下下一篇，一篇接著一篇，樂此不疲，這就是路邊攤的鬼故事。

2022年6月21日　星子

作者序

在一個地區居住一段時間後，通常會發現一個現象，那就是自家巷口的路邊攤總是比有店面的店家經營的還要久。

每間長久經營的路邊攤都有受人喜愛的招牌商品，而這間鬧鬼路邊攤的招牌就是各式各樣的鬼故事，從在網路上發表第一篇作品開始，至今也邁入第十六年了。

我一開始的筆名其實只有一個字「攤」，後來許多讀者開始用路邊攤稱呼我，這個名號就一直沿用到現在。

現在想起來，眞的很感謝初期陪伴我到現在的讀者，特別是他們給了我這個筆名，鬼故事跟路邊攤，當這兩個詞連在一起時，畫面就會自動從腦中浮現出來。

深夜的街頭上，一輛簡陋的攤車緩緩從街角推出，任何從攤車旁邊經過的人，都有幸可以聽到老闆說的鬼故事，在這些鬼故事中，鬼只是配菜，眞正的主菜是夾帶在故事中的恐懼元素及各種感情，有人聽完後嚇到魂不附體，也有人聽到感動落淚……

這間路邊攤開張這麼久，我最常被問的問題就是，鬼故事的靈感究竟是從哪裡來的？

每個故事的靈感來源都不一樣，以這本書來說，有我在學生時期的親身經驗、從網友那裡聽來的離奇軼事、出差住飯店時無意發現的詭異現象等等。

這麼多的靈感結合起來，其實可以整理成一句話，鬼故事的靈感就跟路邊攤一樣，他們在路邊隨處可見，重要的是我們有沒有試著去主動拜訪？若不去光顧一回，那他們終究只是路上的擺設罷了。

對我來說，每寫出一篇鬼故事，就像在做一場把恐懼跟文字融合的全新實驗。

恐懼的定義沒有標準答案，因爲每個人怕的東西都不一樣，因此這場實驗的結果會是如何？就請大家翻開書來一探究竟吧。

目錄

第一攤

回憶裡的鬼話

亡者專屬信箱

一開門，就看到有個陌生的少年站在我家門口。

他的樣子很奇怪，既不像要按電鈴拜訪，也不像是偶然經過的路人，而是站在我家門口凝視著水泥牆上的信箱。

我家的信箱是紅綠色的傳統信箱，信箱很舊，外表到處都是鐵鏽，是我搬來這邊的時候就掛著的了，雖然沒有人會寄信給我，但我覺得繼續掛著也沒差。

我家是一棟蓋在郊區附近的平房，外型有點像卡通《櫻桃小丸子》裡小丸子的家，是棟有著古典日式風格的老舊房子，對獨居不想被打擾的我來說，是很好的居住地點。

少年的身分顯然不是郵差，他身上也沒背著裝滿廣告單的袋子，所以不是來插傳單的。

更奇怪的一點是，少年竟然在哭。
眼淚以一種緩慢卻永無止盡的節奏從少年的臉龐滑落，那是在眞正哀傷的情緒下才會流下的眼淚。
但我不懂，我家的信箱是有什麼好哭的？
我站在門口用戒備的眼神打量著少年，少年花了一段時間才注意到我的存在，他用袖子擦掉淚水，對我點頭說：「不好意思，打擾了。」
「有事情嗎？」我的語氣很不客氣，畢竟我不認識少年，也不知道對方來我家的動機。
「不，沒有，沒什麼事情，只是……」少年支吾其詞，接著突然對我彎下腰來，鞠躬說道：「眞的很謝謝你，這樣我就沒有遺憾了，謝謝。」
我聽得一頭霧水，我剛剛做了什麼嗎？爲何少年要跟我說這些話？
還沒來得及詢問，少年就一邊擦著淚水，轉身離開了。
而少年的到訪，其實只是個起頭而已。

在少年之後，陸續有許多人跑到我家門口來，這些人男女老少都有，他們什麼事都不做，只是靠近我的信箱，把耳朵湊到信箱口，像在聆聽某些聲音般，然後默默流下淚水。

當他們看到我從門口走出來時，都跟少年做了一樣的舉動，那就是跟我道謝，然後離開。

我也曾經把耳朵靠到自己家的信箱前面，但什麼聲音都沒聽到。

那些來到我家門口的人……他們到底是來幹嘛的？

雖然那些人總是安靜的來、又安靜的離開，但對於不想被打擾的我來說，他們的行爲還是讓我很煩惱，一出門就看到有陌生人站在自家門口哭，應該沒有人的心情會好的吧？

這種現象持續幾天後，我決定把信箱收起來，反正本來就沒人會寄信給我，信箱對我來說只是讓這棟房子看起來正常一點的裝飾物罷了。

拆掉信箱的隔天，一位意外的訪客造訪了我家。

早上出門的時候，一開始的那位少年站在我家門口，他這次並沒有哭，而是帶著禮貌的微笑問我：「大哥，方便打擾一下嗎？」

「有事情嗎？」我維持著跟第一次見面時一樣的平淡語氣。

「我想請你把信箱掛回去。」

「怎麼又是信箱？」一想到這段時間發生的事情，我就忍不住把問題都吐到少年身上：「我家的信箱到底是哪裡不一樣了？爲什麼你們這些人要專程跑來這種地方，站在我家門口，然後好像有人去世一樣，一個比一個哭得還悲慘？而且就是從你先開始的！」

少年收起笑容，他輕輕咬著嘴唇，似乎也在忍耐著某種情緒。

等我一連串的疑問都說出口後，少年才輕聲回答：「是夢。」

「你說什麼？」

「一切都是從那個夢開始的。」

少年眨眨眼睛，他的眼睛似乎又泛出些微淚水，但還不至於哭出來。

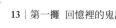

「我夢到去世的姊姊，她站在一棟房子前面，然後拿出一封信紙，信紙上很清楚的寫著我的名字，然後姊姊把信放到信箱裡，又笑著對我揮了揮手，像是在跟我說，她還有很多很多話想對我說，只是已經來不及了，她只能把想說的話放在這個信箱裡，這是她唯一能做的了。」

提到姊姊的時候，少年的眼淚就開始在眼眶內打轉，看來他的姊姊對他來說真的是一個很重要的人。

不過，那終究也只是夢而已吧？

少年像是察覺到我的想法，很快說道：「那並不是單純的夢，姊姊她真的把訊息留在信箱裡了！我把夢境貼到網路上去問，結果發現很多人都夢到類似的內容，他們去世的家人或朋友都是來到一棟房子面前，把信丟進信箱裡……而且我們夢到的房子特徵都一模一樣，這絕不是巧合。」

「就算這樣，你又怎麼知道是我家？」

「是我靠著房子的特徵，用街景功能的照片一張一張過濾出來，我再告訴其他人的。」

少年將眼眶內的淚水拭去，盯著我說：「鄧大哥，我說的絕對是眞的，最好的證據就是我眞的從信箱裡聽到了姊姊的聲音，其他人也是，他們都從信箱裡聽到了死去親友的聲音，那是他們還活著時來不及說出口的話，我相信就算是你也能感同身受的，對不對？」

「什麼感同身受，你說的完全……」我說到一半突然發現，少年剛才說的話似乎有哪裡不對勁。

爲什麼他知道我姓鄧？而且他使用的句子很奇怪，好像他早就知道我是誰了。

「難道你就沒有那種只要一次也好，也想再聽到對方聲音的人嗎？」少年又問。

我搖搖頭，完全沒有。我沒有朋友，跟家人間雖然很少聯絡，但我知道他們都活得很好，我獨自住在這裡就是不想給人添麻煩，我不需要任何人的關心，也不用關心任何人。

「鄧大哥，我不懂，你這樣做是爲了處罰自己嗎？竟然把自己逼到如此孤單的地步。」少年凝視著我的眼睛。

他的眼神中有著獨特的憐憫，跟施捨給流浪貓狗的憐憫不一樣，他是知道的，他知道我發生了什麼事，他知道我爲什麼要把自己放逐到這裡……

「你到底是誰？」我終於問出口了。

「我姊姊的名字叫林蔓琪，鄧大哥你還記得這個名字吧？」

少年一邊說，一邊亮出手掌，把「林蔓琪」三個字寫在手心上，但他根本不用這麼做，因爲這個名字我永遠都不會忘記的。

少年把手放下來，嘆了一口氣說：「姊姊出事的時候我還小，當時沒有跟你見過面，很抱歉我們是在這樣的情況下碰面的。」

「所以你是想要什麼？」我咬著牙齒，聲音也因此變形：「要報仇嗎？」

「鄧大哥你誤會了，我只是想請你把信箱掛回去。」少年說：「你家的信箱已經在網路上傳開，變成『亡者專屬的信箱』了……我相信會有更多人來到這裡，透過它聽到死去親友的聲音，這對雙方來說都是一種解脫。」

我沒有回答，只是愣愣地站著。

「我清楚姊姊的個性，相信她一定也有話想跟鄧大哥說的。」

或許是認為我需要時間思考，少年對我留下這最後一句話後，轉身離開了。我呆站在原地，我不知道少年是從哪個方向離開的，我無法去思考。因為我腦中的思緒跟眼前的畫面，已經在瞬間回到了七年前，我奪走林蔓琪性命的那個夜晚。

七年前的那天晚上，我開車下班回家，車窗外是再正常不過的街景，街邊的各種店家、跟我一樣急著回家的騎士跟駕駛，這些畫面我已經看過上百遍了。

路邊一如往常被臨時停車的車輛占滿，偶爾有違規併排的車輛直接占用半條路面，機車騎士因此被逼到車道中央，這種現象我已見怪不怪，應該說每個在台灣的駕駛都已經看到無感了。

通常機車在我前面繞過違停車輛時，我都會等他們先過，我再過，但那天卻出了狀況……

那時大約有六、七台機車要一起繞過併排違停的車，我放慢車速，打算等他們都繞過違停的車後再加速通過。

當時在機車隊伍最後面的，是一位看起來剛下班、穿著上班套裝的年輕女孩子。

女子的機車繞過違停車輛時，一台超速的機車從我左邊跨越雙黃線、快速掠了過去。

那台超速的機車沒有料到前方這麼近的距離還有另一台機車，直接朝女子的機車尾端撞了上去。

我看著女子的機車倒下，她的身體摔落在路面上、反彈、翻滾，直接朝我的車頭方向滾過來。

我踩下剎車，但車輪底下輾過東西的震動告訴我，來不及了。

下車後，女子就躺在我的車子旁邊，有好心的路人跑過來，將她的安全帽跟口罩拿下來，開始幫她檢查、做心肺復甦術。

我不敢去看她的身體，但我感覺自己必須做點什麼，不能只是站在旁邊傻傻地看，必須做什麼，必須做點什麼……

腦袋一片空白，我蹲下來握住她的手，看著她的臉。不知道是因爲天氣冷或是生命慢慢流失的關係，她的臉越來越白，原本還有溫度的手也逐漸失溫，越來越冰。

如果能透過我的手傳達些什麼過去就好了，把我一部分的壽命分給她也行⋯⋯

但等醫護人員把她的手抽走時，我才發現我的手也變得冰冷，這股冰冷從手指延伸到心臟，我的心臟似乎因此而麻痺了。

調查結果出來後，違停的駕駛跟超速的機車騎士要負最大肇事責任，他們分別遭到起訴，也被判了刑期。

但車輪壓過女子身體時傳到車內的震動，以及握住她的手時那幾乎讓心臟麻痺的冰冷感，是我永遠也忘不了的。

之後，我辭掉原本的工作搬來這裡，透過附近的人力仲介公司打雜工，還夠養活自己，我跟家人朋友不再聯繫，我認爲自己已經無法再跟其他人一起相處，有過那樣的經驗後，我跟他們已經是不同世界的人了。

法律判定我沒有責任，但這無法改變我殺了她的事實。

開車壓過她的人是我，她的性命是被我奪走的，這鐵錚錚的事實七年來一直折磨著我。

我無法再回到以前那樣了。

******

少年來訪後的那天晚上，換我做了那個夢。

夢中，那位名叫林蔓琪的女孩來到我家，她身上穿著跟當天一模一樣的套裝，她沒有進來我家，而是一直看著門口旁的牆壁，她的表情看起來有點疑惑，因爲信箱已經被我收起來，不在牆壁上了。

林蔓琪盯著牆壁看了好一段時間後，她將手舉起來，用掌心按在牆壁上面，她這一按也像是觸發某個開關，把我從睡夢中喚醒了。

我睜開眼睛，窗戶外面沒有陽光，但黑夜已經慢慢轉爲淡藍色，代表離天亮不遠了。

披上外套走到門口，天還沒亮，加上這裡本來就算郊區，路上沒半點人車，全世界好像只剩我一個人是清醒的。

我吸入一口寒冷的空氣，肺部好像快被凍僵了，寒風更是無視外套的存在直接刺進體內，但我現在無心顧慮寒意。

我走到林蔓琪剛才站的位置，低頭看著腳下。

她剛剛真的站在這裡嗎？還是剛才的夢境只是我聽了少年講的故事後的胡思亂想？

我抬起頭，看著前面的牆壁，她剛剛就是把手放在那裡的。

我不自覺地伸出手，將手掌貼到牆面上，水泥牆面冷冰冰的，讓我的手心一陣刺痛。那天的感覺也是這樣，她的手到最後就跟水泥一樣沒有生命力，只是冰冷的物體。

眼淚從我眼睛滑落，我突然想把憋了七年的話在此刻全說出來。

我想跟她說對不起，不管是故意或過失，是我殺了她，這點無法改變。

如果她有話想對我說，她會說什麼？

我有勇氣去聽嗎？

突然，另一個重量從我的手背壓了上來，感覺有另一隻手跟我的手交疊按在一起。

一種溫暖的感覺包覆住我的手掌。

我記得這種感覺，是林蔓琪的手。

但是我們的立場似乎互換了，現在冰冷到快要死亡的是我，活著的卻是她。暖意沿著手臂往我的心臟蔓延，我整個人感覺暖呼呼的。

「我知道的，那不是你的錯，所以你不用這樣處罰自己。」

我似乎聽到了她的聲音，但並不是耳朵聽到的，而是化爲意念直接傳入心裡。

「你還有很多事情可以做，不是嗎？你可以幫助其他跟你一樣的人，讓他們到這裡來，畫下句點。」

隨著最後的兩個字，這股奇妙的暖意也跟著結束。

溫暖的包覆感逐漸從手上離去，冰冷的水泥牆又開始刺激我的手心，提醒著我，林蔓琪離開了，她的話已經說完了。

我把手拿起來，看了一下牆面，突然發現了一件事。
剛才我用手按住的地方，就是我原本掛信箱的地方。

*****

我把信箱拿出來，掛回原位。
之後我上網搜尋，發現「亡者專屬的信箱」已經在網路上廣爲流傳，但對沒有親身經歷過的人來說，他們認爲那只是小說家虛構出的都市傳說罷了，根本不可能聽到亡者的聲音。
只有眞正夢到這裡、並找到我家來的人才知道這是眞的。
我不知道來到這裡的人們分別在尋找什麼，是跟我一樣想得到亡者的原諒？或只是單純地想再聽一次已逝摯愛的聲音？
不管動機是什麼，這個信箱對他們來說都應該是一個句點，亡者跟生者之間的句點。

聽完最後的留言後，就該重新出發，把自己照顧好，讓人生繼續下去。

相信亡者們也是這麼希望，才會讓我來幫助他們吧。

在童謠盡頭

「你小時候跟這個明星拍過廣告喔。」

看電視看到一半，我媽突然說了這麼一句話。

我媽輕描淡寫的一句話，聽在我耳裡卻是震撼彈級別的大新聞，我馬上湊到她身邊瘋狂追問：「媽，你說的是眞的還假的？」

我會有這麼大的反應，是因爲電視上的並不是一般的藝人，而是國際知名的巨星高夢恆。

高夢恆三十年前從演藝圈出道後，就一直保持著完美零負評的光環，儘管現在已經五十歲了，但他在身材跟外貌的保養還是不輸年輕人，甚至有國外媒體把他稱爲「東方的基努李維」。

我媽緊皺著眉頭，努力回憶道：「那是很久以前的事情了啦，十五年前有了喔，那時你才六、七歲吧。」

「所以我跟高夢恆拍了什麼廣告？快告訴我！」我把手機緊緊抓在手裡，準備隨時上網搜尋。

「我也忘記是什麼廣告了，只記得是在一個公園拍的，除了你之外還有很多小朋友，當時劇組有管制人流，我們家長只能在外面等廣告拍完後再去接你出來。」我媽輕輕敲著自己的額頭，說：「我只記得這些了啦……現在不是有人會上傳一些舊廣告嗎？你可以去找找看啊，說不定看到那支廣告後，你就會想起來了。」

事不宜遲，我馬上開始搜尋相關的影片，我竟然跟高夢恆拍過廣告，這可是我人生難得的高光時刻，一般人就算等一輩子，可能連跟高夢恆面對面的機會都沒有。

我把高夢恆拍過的廣告都看過一輪後，卻沒有看到類似的影片。

「媽，妳確定妳沒有記錯？」

「眞的啦，就是那個明星沒錯。」我媽又露出皺眉沉思的表情，緊接著她用力拍了一下腦門，說：「啊！我想起來廣告是在哪個公園拍的了！」

我馬上跟我媽要那個公園的地點，搞不好我回到那個公園後，就能想起拍的是什麼廣告了。

*****

我在週末來到了那個公園。

那是一座位於市區邊緣的公園，公園的占地相當大，但裡面的設施卻都很老舊，明顯缺乏保養，樹木跟草皮也長時間沒有修剪，看起來就跟野生叢林一樣。

我先在公園附近繞了一下，發現周遭的商圈都沒什麼人潮，住宅也都很老舊，看得出來居民正逐漸遷出，也難怪這座公園不被重視，因爲已經沒多少民衆會來使用了。

踏進公園後，我的記憶就開始慢慢甦醒，我記得自己小時候確實來過這裡，但記憶的片段還很模糊。

走到溜滑梯旁邊時，一個聲音突然從我的記憶裡跑了出來。

「星期一，猴子穿新衣。」

那是許多小孩一起合唱童謠的聲音，我以前聽過的……

我馬上停下腳步，並抬頭看著旁邊的溜滑梯，因爲溜滑梯的造型正是一隻猴子，溜滑梯把猴子的身體作爲主體，長長的尾巴則是滑道，看上去相當逗趣。

猴子的圖案跟我的記憶產生共鳴，那時候的回憶突然一口氣湧現出來，讓我忍不住倒抽一口涼氣，喃喃自語說道：「我想起來了……」

我看著溜滑梯前的空地，全身興奮得發抖，我想起那是什麼廣告了，就是在這裡拍的沒錯！

那是個飲料廣告，廣告一開始，我跟其他小朋友會圍在一起唱童謠，分別有五個男生跟五個女生。

大家唱的是《猴子在幹嘛》的童謠，女生負責唱前半句，我們男生負責唱後半句。

「星期一。」女生唱。

「猴子穿新衣。」男生們接著唱。

「星期二。」

「猴子肚子餓。」

等唱到星期十的時候，男生們就會假裝忘詞唱不出來，這時高夢恆會利用十的諧音，帶著廣告的飲料從旁邊跳出來，我們這些小朋友再一起露出「看起來好好喝喔」的表情，羨慕地看著高夢恆打開飲料。

雖然想起了廣告內容，但我不記得有在電視上看到這支廣告，難道沒有播出嗎？

在我的記憶裡，廣告拍完後似乎還發生了其他事，而且是不好的事情。

但不管我怎麼努力回想，都想不起來那是什麼事情，有沒有可能，這件事就是廣告無法播出的原因呢？

我看著溜滑梯上的猴子笑臉，絞盡腦汁想從腦袋深處再多挖一些回憶出來，我的潛意識似乎不想讓我想起那段回憶，那段記憶就像被鎖起來了，無法被我的意識觸及。

就在我即將放棄，準備轉身離開的時候，一個輕飄飄的小女孩聲音突然從溜滑梯底下傳了出來。

「星期十……」

我停下腳步，錯愕地轉過頭。

從我這邊可以清楚看到溜滑梯下面，那裡的空間足夠讓一個小孩子蹲在裡面，但現在裡面並沒有人。

這時，那聲音又傳了出來：「星期十……」

星期十。

這三個字突然讓我的腦袋打結了。

星期十後面要接什麼？爲什麼我突然想不起來？

「星期十……猴子死翹翹！」

小女孩輕飄飄的歌唱聲突然變得尖銳，聲音瞬間從溜滑梯底下衝到我面前，每個字都像刀子般扎到我的臉上。

不知從何而來的尖叫聲震懾著我的耳膜，我捂住耳朵死命往外跑，直到跑到人行道上後，那股聲音才從我耳邊消失。

我驚魂未定地看著公園內的景象，但裡面已經恢復寧靜，恐怖的尖叫聲消失無蹤，只剩鳥鳴跟蟲叫。

剛剛那聲音究竟是怎麼回事？

我來到這裡是爲了追尋回憶，現在卻被恐懼籠罩。

但有一點可以肯定，那就是不管聲音的主人是誰，也不管她的意圖爲何，一定跟十五年前的廣告有關。

*****

身爲廣告主角，高夢恆一定知道當時發生了什麼事。

高夢恆會如此受到大衆歡迎，其中一個原因正是他謙虛親民的態度。聽說高夢恆的粉絲專頁由他本人經營，沒有另外聘用小編。可想而知，有很多粉絲會直接透過粉專傳訊息給他，但高夢恆並不會回覆全部的訊息，而是會挑選出有必要的訊息來回覆，例如詢問人生方向，或是遭遇挫折尋求建議的訊息，每個被他回覆的粉絲都會開心地把對話內容分享出來，這樣暖心的行爲也幫高夢恆在網路上加了不少分。

我直接在訊息中跟高夢恆說，我是十五年前跟他在公園裡拍飲料廣告的小孩之一，同時在訊息裡附上廣告的拍攝過程，並在最後附註道：「關於那支廣告，我有一些記憶上的問題想請教，希望能得到您的回覆。」

我本來以爲至少要等一兩個禮拜，高夢恆才會看到我的訊息，沒想到當天晚上就收到了回覆。

「我看到你寫的內容了，」高夢恆在訊息中寫道：「我相信你眞的是當年的其中一位小朋友，因爲那支廣告的拍攝內容沒有曝光過，就算在業界，也只有少數人知道我拍過那支廣告。」

閱讀著高夢恆回覆的文字，我用盡全身的力氣才能讓拿手機的手不再發抖。

「我知道的都會回答你，但我想請你答應我一件事，那就是不要把我告訴你的散布出去，可以嗎？」

從高夢恆用的文字來看，他應該已經知道我想問什麼了。

我輸入準備好的問題：「那支廣告後來沒有在電視上播出吧？請問是不是在現場拍到了其他東西？」

「不，廣告成品很完美，每個小朋友都表現得很好，廣告無法播出的原因跟影像無關。」高夢恆回覆道。

「那麼，請問廣告沒有播出的原因是什麼？」我繼續問。

這次等了比較久一段時間，高夢恆才把回覆傳送過來。

訊息欄裡出現的文字就像一把鑰匙，開啓了我腦中深鎖的記憶。

我全都想起來了。

*****

隔天，我又回到了那座公園。

上次來這裡，只是單純地爲了回憶以前拍過的廣告。

但這次，我卻是爲了某個人而來的。

我站在溜滑梯前方的空地上，凝視著溜滑梯下面的空間。

十五年前，廣告拍完後，大人們都圍在攝影機旁邊觀看影像，高夢恆也在經紀人的陪伴下在旁邊休息。

我們幾個小孩子不知道要做什麼，便在公園裡玩起了捉迷藏，其中一個小女孩負責當鬼，其他人躲藏在公園各處。我是第一個被鬼找到的，當時我就藏在溜滑梯下面。

「抓到你了！」小女孩笑著從溜滑梯後面拍了我一下。

我們當時的規則是，被抓到的人要在溜滑梯前面罰站，等鬼抓到全部的人之後才能自由活動。

女孩把我拉到空地上，成功找到我讓她整個人幹勁十足，她雀躍地小跑步離開，繼續去找其他人。

這時，大人們對拍攝的成果很滿意，說不用再重拍了，然後開始集合我們這些小孩子，說要回家了。

一聽到回家兩個字，躲在各處的小孩子馬上跑出來集合，但那個當鬼的小女孩卻不見蹤影。

「怎麼還少一個人？有人看到她嗎？」負責集合的大人問我們，我們都搖頭說不知道。

可能是去廁所或躲在公園某處玩吧？大人們沒有多在意，決定先讓我們離開公園回到家長身邊，他們再派人去找那個小女孩。

但不管怎麼找，那個女孩都沒有回來。

高夢恆說，那天他陪著家長跟劇組一起找到深夜，也有報警協尋，但最後還是找不到那名女孩。

有小孩在廣告拍攝過程中失蹤，這件事要是透過媒體傳出去，對高夢恆的演藝生涯一定會造成打擊。

跟對方家長交涉後，廣告公司承擔了劇組管理不當的責任付給對方大量賠償金，家長則提出廣告禁播的條件，高夢恆的經紀公司更是額外多付了一筆錢給家長作爲封口費。

在我深鎖的記憶中，我是最後一個見到那女孩的人。

但不是玩捉迷藏被她抓到的時候，而是在回家的路上。

當時我已經坐上我媽的車，在公園旁邊的路口等紅燈。

我因爲無聊而四處轉頭，就在這個時候，我看到了她。

她坐在一台白色貨車的副駕駛座上，眼裡含著淚水跟我四目相對。

紅燈變成綠燈，白色貨車很快往前駛去。我當下沒有看懂她的眼神，還天眞地揮手跟她打招呼。

直到現在我才知道，她是在跟我求救。

就跟我上次在這裡聽到的聲音一樣。

面。

******

「我全都想起來了。」我對著溜滑梯說：「妳想讓我知道妳在哪裡，對不對？」

一句輕飄飄的聲音傳了過來，但這次不是從溜滑梯下面傳來的，而是來自公園外面。

「星期一。」女孩的聲音說著。

我愣了一下，然後朝發出聲音的方向走去，同時把童謠接下去：「猴子穿新衣。」

「星期二。」女孩又說，聲音的方向變了。

「猴子肚子餓。」我走到人行道上。

「星期三。」女孩的聲音從人行道另一端傳來。

「猴子去爬山。」我沿著人行道開始走。

「星期四。」女孩的聲音出現在右邊。

「猴子去考試。」我順著路口往右轉。

「星期五。」「猴子去跳舞。」

「星期六。」「猴子去斗六。」

「星期七。」「猴子刷油漆。」

「星期八。」「猴子吹喇叭。」

「星期九。」「猴子去喝酒。」

「星期十。」「猴子死翹翹。」

唸過一輪後，女孩的聲音又會從星期一開始，並指引我前往下一個方向。

「星期一。」「猴子穿新衣。」

「星期二……」

我不知道女孩要帶我去哪裡，也不知道這段路會走多久。

但我知道她在終點等我，只要走到盡頭就能找到她。

老闆的相簿

好懷念的味道……

我站在街道中央，用力嗅聞著空氣中的食物香味。

這裡是當地知名的美食街，街頭到街尾每間店的食物特色都不一樣，每到用餐時間，附近的大學生就會傾巢而出，把每間店的座位都塞滿。

遙想八年前，我也是這些大學生的其中一員。

大學畢業後，我到國外繼續升學、求職工作，這一去就是八年，雖然中間有斷斷續續回國，但我一直沒有回來這裡重溫大學美食的味道。

趁著這次休長假，我特地安排了兩天的時間回母校，準備把以前學生時期會去的地方都重溫一遍。

其中我最懷念的，是美食街裡一間平凡的快餐店。

記憶中，那間快餐店是由五十多歲的老闆跟他二十多歲的女兒一起經營的。

老闆女兒名叫宜蓁，因爲老闆總是在店裡喊著「宜蓁！湯要補了！」「宜蓁，結帳！」聽久之後，熟客自然會記得她的名字。

宜蓁很漂亮，接待客人也很有禮貌，一般男生只要去吃過一次，就會被她緊緊勾住了，常常有學生想約她出來，但都被老闆拿菜刀勸退了。

那間店的招牌是滷到入味的排骨飯，可以自選四項配菜，老闆在給菜方面從不手軟，店裡還有無限量供應的白飯跟湯，根本是我們窮學生的救星。

我跟死黨們有一套標準流程，就是先去店裡吃飯，然後再去附近的網咖打遊戲，大學四年的光陰裡，這套程序幾乎占了一半的時間。

另外讓我印象深刻的，就是老闆還有一個跟他粗獷外表不符的興趣，拍照。店裡比較不忙的時候，老闆就會走出櫃檯，用他珍藏的萊卡相機幫客人拍照。「要拍一張嗎？來，大家笑一個喔。」老闆總是會等客人擺好姿勢後再拍照，就算是第一次來的客人也照拍不誤。

有一次，我好奇地問他：「老闆，你拍照起來很有架式耶！有帶這台相機出去拍過嗎？」

「沒有啦，我又不是專業攝影師，在店裡拍好玩就好啦！」老闆笑著說：「要是這間店以後收起來不做了，至少還有這些照片可以當作回憶，讓我沒事在家可以翻來看。」

我們馬上反駁老闆，說有這麼多學生愛吃他煮的菜，店怎麼可能會收掉？就算老闆退休了，也還有宜蓁可以接棒不是嗎？

宜蓁在櫃檯聽到我們的對話後，她沒有回話，只是默默低下頭整理收銀機，但我感覺得到，她很享受跟老闆一起經營這間店的過程，若未來要宜蓁接棒，她也會很樂意的吧……

我朝著那間店走去時，過去的畫面不斷在我腦中湧現，我嘴裡幾乎可以嚐到滷排骨的味道，老闆的相機鏡頭、還有宜蓁甜美的笑容也一一浮現，隔了八年，不知道那間店現在變怎樣了呢？老闆他們還記得我嗎？

但當我走到記憶中的快餐店地點時，剛才期待興奮的心情在瞬間墜入谷底，剛才還在嘴裡的滷排骨香味也被苦澀取代，因爲我眼前看到的店面竟然大門深鎖，門口前積滿灰塵跟雜物，明顯被棄置一段時間了。

抬頭一看，快餐店的招牌也被拆掉了，一點痕跡都沒留下。

怎麼會這樣？是我太久沒回來，走錯地方了嗎？我檢查地址跟路名，確定這裡就是那間快餐店沒錯，這才接受店已經收掉的事實。

我不甘心地舔著嘴唇，回憶中的滷排骨飯就在眼前了，卻怎樣也吃不到，還有比這更令人氣餒的嗎？

在沮喪的情緒下，不管吃什麼都無所謂了……我轉身準備離開，沒想到轉身後我竟看到更駭人的畫面。

我記得快餐店對面是一棟專門讓學生承租的公寓，但此刻在我眼前，公寓每一戶的窗戶都被拆掉了，外觀更是一片焦黑，明顯發生過規模不小的火災。

不只快餐店，連它對面的公寓也廢棄了，這八年來究竟發生了什麼事？

我愣在原地發呆時，旁邊突然有聲音叫喚道：「喂，年輕人！」

轉頭一看，發現叫我的人原來是快餐店隔壁藥店的老闆，這間藥店八年前就在這裡了，不過因為我沒進去過，所以跟老闆不熟。

藥店老闆走到我旁邊，把我從頭到腳打量過一遍後，問：「你是不是在找以前那間快餐店？」

「咦……你怎麼知道？」

「你也是以前的學生吧？這幾年我看過太多像你們這樣的人啦，畢業多年後想回來重溫學生時期的記憶，結果店竟然收掉了，只好垂頭喪氣地離開，我都看到不忍心了。」藥店老闆說：「那間店還有在營業，只是搬家了，你要地址的話我可以給你。」

「哇！真的嗎？」滷排骨的滋味重新回到了我的味蕾，太好了，可以再吃到熟悉的味道了。

跟藥店老闆要到地址後，我順便跟他打聽對面的公寓究竟發生了什麼事。

藥店老闆說，公寓七年前發生了火災，剛好就是我畢業出國的隔年，我當時沒有關注國內的新聞，所以不知道這件事。

火災延燒至整棟公寓，造成五名學生死亡，快餐店也在火災發生後就搬走了。

「聽說死去的那五個學生都是熟客，或許他們父女也承受不了這種打擊，所以才選擇遷店的吧。」

藥店老闆一臉沉痛地說。

*****

晚上，我按照藥店老闆給的地址來到城市的另一端，終於在街道上看到了熟悉的快餐店招牌。

光是看到紅底白字的經典配色，我的肚子就開始咕嚕叫了。

剛好是晚餐時間，從外面就能看到店裡已經坐了不少客人，而一個熟悉的身影就在櫃檯後忙碌著，是宜蓁，除了臉上多了些許成熟的韻味，她看起來就跟八年前一模一樣，用甜美的笑容接待每個客人、每個人的餐盤上都是滿滿的配菜，光是用看的就有幸福的飽足感。

除了宜蓁外，其他店員都是新臉孔，沒有看到老闆，難道老闆真的退休，不再參與快餐店的經營了嗎？

我朝店裡探頭一看，心裡的石頭很快放了下來，因爲老闆就坐在最裡面的位置，但他看起來跟八年前簡直判若兩人，以前的老闆臉上總是掛著燦爛的笑容，一邊用俐落的身手切菜切肉，現在的他卻神情呆滯地坐在椅子上一動也不動，我走進店裡時，他甚至沒有朝我多看一眼，難道老闆生病了？

找到位置坐下後，我還沒去點餐，宜蓁就來到我的桌子旁邊問：「好久不見了，今天也是點老樣子嗎？」

宜蓁的主動開口讓我又驚又喜。

「妳記得我？」

「以前的客人我都記得，而且你沒什麼變呢。」宜蓁笑著說。

的確，我除了肚子胖一圈外，長相還是跟八年前一樣。

「那我跟之前一樣點老樣子好了，麻煩妳。」

老樣子，指的是兩份排骨、肉汁加倍，並加上所有肉類配菜的加量排骨飯，這是只有熟客才知道的隱藏菜單。

宜蓁很快就把我的餐點送上來，白飯跟排骨一起浸泡在肉汁裡，簡直是美食界最美的風景，雖然隨著年紀增長，我的食量已沒有以前那麼大，但這間店的排骨飯不管來幾盤我都吃得下。

晚餐的高峰時間過後，店裡比較沒這麼忙了，宜蓁終於能把工作交給店員，坐下來跟我好好敘舊。

我朝坐在後面的老闆瞥了一眼，擔心地問：「老闆的情況還好嗎？這八年來究竟發生了什麼……」

「我爸前幾年生病了，是侵襲神經系統的重病。」宜蓁心疼地看著父親，說：「他的狀態已經無法繼續工作了，雖然生活勉強能自理，但現在的他連走路都很吃力，甚至連一句完整的話都說不出來，長時間都在失神發呆，就跟你現在看到的一樣……」

我轉頭朝老闆揮了一下手，但老闆的眼神持續放空，像是完全看不到我似的。

「沒有用的，除了你以外，這段時間也有許多舊客人輾轉找到我們的店，但我爸已經不認得他們了。」

宜蓁在臉上擠出苦澀的笑容，讓我看了十分不捨。

「是那場火災讓你們決定搬家的嗎？」

「嗯，火災裡去世的五名學生都很常來店裡，跟我爸的感情也很好，火災發生後，我們的店暫停營業了好一段時間，畢竟火災就發生在自己眼前……我爸那段時間一直把自己鎖在房間裡，等他終於開門跟我講話時，他竟然跟我說要把店收掉，不做了。」

「我猜妳一定全力反對吧？不然現在這間店也不會存在了。」

「是啊，我好不容易才說服我爸換個地方繼續開店……畢竟是這間店供我長大的，我爸的料理也是許多客人的珍貴回憶，我真的捨不得把店關掉，至少我們可以換個地方營業，不只能讓更多人認識我們的味道，也能讓以前的客人找到我們。」

宜蓁的語氣很平淡，但仍可以感覺到她在這幾年付出的努力。

我突然想起老闆以前會拿相機幫客人拍照，於是問道：「對了，老闆以前拍的照片還在嗎？」

「當然，我把那些照片都整理到相簿裡了，你想看嗎？」

我大力點頭，人就是這樣，長大了就會思念過去的景象，藉著過去的物品，多少能找回一點年輕的感覺。

「等我一下喔，我去拿下來。」宜蓁往樓上走去，看來她跟老闆目前就住在這裡的二樓。

等了一會後，宜蓁捧著一大本相簿下樓了，當她經過老闆身邊時，老闆原本呆滯的雙眼突然閃過一絲緊張，嘴唇吃力地開始抽搐，好像有話想跟宜蓁說。

「爸，不要擔心，只是拿給老客人看一下而已，沒有要丟掉啦。」宜蓁安撫著老闆。

我好奇地問：「老闆很擔心相簿被丟掉嗎？」

「應該吧，每次我把相簿拿出來，他都會有類似的反應。」宜蓁把相簿放到我的桌上，說：「你自己慢慢看吧，打烊前還會有一波客人進來，我先回去忙囉。」

宜蓁回到櫃檯後面繼續工作，我則在座位上翻開相簿，一看到這間店以前的模樣，所有回憶瞬間湧現出來了，我很快找到我跟死黨的合照，照片中的我們仍是年少輕狂的模樣，看到以前的自己，我也忍不住害臊地笑了出來。

我往後翻想看更多的照片，這時一張照片從夾頁中飄出來掉在地上，可能是宜蓁整理的時候沒有把照片塞好吧。

我彎腰把照片撿起來，同時，我也看到了照片上拍到的畫面。

「哇啊！」我嚇得直接把照片丟到桌上，並發出驚恐的叫聲。

「怎麼了嗎？」宜蓁從櫃檯後面抬頭朝我看來。

「不，沒事……」我故作鎮定，但其實心裡已亂成一片，因為我無法確定自己看到了什麼。

那張照片的正面被我蓋在桌面，我小心翼翼地把照片翻過來，確認自己剛才沒有看錯。

照片上是一名女學生的用餐獨照，她對著鏡頭比出YA的手勢，看上去就是一張普通的照片。

但我剛才看到的畫面並不是這樣，在那驚恐的一瞥中，我在照片上看到的是一具燒得血肉模糊的焦屍，焦屍的雙眼都被燒盡，空蕩的眼窩凝視著鏡頭，似乎想對我傾訴著什麼

……那瞬間出現的畫面，只是我的幻覺嗎？

緊接著，我發現照片上的女學生很眼熟，以前常在店裡看到她，也曾經看過她從對面的公寓進出，應該是住戶之一。

宜蓁說過，火災去世的五名學生都是店裡的熟客，難道這名女學生也是……

突然，另一段跟老闆有關的回憶畫面出現在我腦裡。

我轉頭看向老闆，剛好跟他對上了視線。

老闆的嘴唇仍不斷抽搐，恐懼的情緒在他的雙眼不停閃爍，他緊張的樣子看起來就像在擔心相簿會勾起我的特定回憶。

但來不及了，我已經想起來了。

*****

吃飽離開後，我刻意在附近的便利商店多坐了一下，等到打烊時間才回到店裡。

這時店裡只剩宜蓁一個人在櫃檯對帳，其他店員都已下班，店裡也沒看到老闆，應該已經回樓上休息了。

這樣也好，因爲等一下我要跟宜蓁談的話題，不要被別人聽到才是最好的。

進去之前，我先在玻璃門上敲了幾下，宜蓁抬起頭來看到我，笑著說：「你怎麼回來了？我們已經打烊了喔，肚子還會餓的話我也沒辦法了。」

「我吃得很飽，謝謝妳的招待。」我走進店裡，隨即收起玩笑的語氣，一臉嚴肅地問：「我想跟妳問一下……關於七年前那場火災的事情。」

宜蓁停下手邊對帳的工作，全身一動也不動地盯著我。

她的反應像是早就料到這一刻了，在她決定把這間店繼續經營下去的時候，她就知道了，一定會有過去的客人找上門來，並提起這段回憶。

「你想問什麼？」宜蓁冷冷反問。

「我在網路上查到那場火災的相關新聞，新聞說火災是堆積在公寓前的垃圾被菸蒂點燃所引起的。」我觀察著宜蓁的表情，繼續說道：「在我的記憶裡，老闆不只愛拍照，他也很愛抽菸，對吧？」

「你到底要表達什麼？」

「我常常看到老闆在門口抽菸，然後直接把菸蒂隨手彈到街道上……當然，光靠這段記憶是不夠的，畢竟路上抽菸的人那麼多，但就在我翻開那本相簿的時候，我看到了不可思議的一幕。」

那張照片上的畫面再次出現在我眼前，女學生跟焦屍，兩者重疊在一起。

「其中一位女學生，在照片中竟然變成了可怕的焦屍，當然，妳可以說是我看錯了，不過我相信妳是知道答案的，我想那女學生正是火災的死者之一吧，她想告訴我眞相，再加上妳把相簿拿出來時，老闆那不自然的反應……」

我舔了一下嘴唇，嘴巴裡好苦，排骨飯的香味已經從嘴裡消失，我可能再也吃不到這麼好吃的料理了，就算這樣我還是要說下去。

「妳就直接告訴我吧，火災是老闆引起的嗎？」

本來以爲宜蓁會激烈地反駁我，沒想到她卻像是如釋重負般，仰頭吐出一口長長的氣，然後露出一切都無所謂了的表情，看著我說：「假設眞相就是你說的那樣好了，然後呢？你期待見到怎樣的結果？」

「我沒有任何期待，畢竟我不是警察，我只是把我想到的說出來而已。」我說，就只是一種不吐不快的感覺，我實在無法把這件事憋在心裡不說。

宜蓁走出櫃檯，從我旁邊繞過去後直接走到店門口，呼吸了一口外面的新鮮空氣。

「我們已經在贖罪了。」宜蓁背對著我說：「店裡現在有待用餐，每個月三分之一的盈餘我也都會捐出去，該做的我都做了。」

「老闆呢？你有勸他去自首嗎？」

「你也看到他現在的樣子了，你覺得他進去能關多久？」

宜蓁轉過頭來，眼神中含著淚光。

「可以的話，看在我們這間店帶給你的回憶上，請忘了這件事吧。」

我還沒回答，一陣刺鼻的燒焦味突然鑽進我的鼻子，宜蓁也聞到了焦味，她一個箭步踏出店外，然後抬頭往二樓看，我跟在她後面一起出去，只見一陣濃煙從二樓窗戶飄了出來。

「是我爸！」

宜蓁沒有絲毫猶豫，直接衝進店裡往二樓跑，我則是花了點時間在一樓找到乾粉滅火器，才跟著跑上二樓。

二樓的臥室房門是開的，除了不斷竄出的濃煙外，還有火焰的反光，代表火源就在裡面。

我用衣袖摀住口鼻，走進臥室一看，只見整張床已陷入火海，老闆拿著打火機站在床邊，像旁觀者一樣默默看著，完全沒有要逃生的意思。

仔細一看，會看到老闆的相簿就在床上，火焰以相簿爲中心張牙舞爪，即將吞噬整間臥室。

「爸，我們快走！」宜蓁哭叫著要把老闆拉出去，但老闆卻紋風不動。

是房間燃燒的高溫所導致的幻覺嗎？出現在我眼前的，是另一幕脫離現實的可怕畫面。數雙焦黑的手臂從床上的火焰中心陸續伸出來，緊緊抓住老闆不放，有的手臂緊緊掐住老闆的脖子、也有手臂用力拉扯著老闆的身體，想把他拉到火焰中。

這幅畫面讓我完全忘記自己手上還拿著滅火器，直到我聽到宜蓁哭喊著要我滅火的聲音，我才趕緊把滅火器的插銷拔掉，對準床上來回噴灑。

還好主要火源都集中在床上，我把整瓶滅火器都噴完後，房間的火勢也差不多快滅了，隨著火苗越來越小，那些從火裡伸出的焦黑手臂也跟著萎縮，就像養分被抽光的植物，逐漸消逝在火焰中。

同時，窗外也傳來了救護車跟消防車的聲音。
醫護人員到場後，發現老闆跟宜蓁身上都有輕微燒傷，而同樣身在火場的我卻奇蹟般的毫髮無傷，連消防人員也直呼不可思議。
老闆跟宜蓁一起被送往醫院，我則是被消防人員留下來，他們需要我回到臥室還原火災時的狀況。
臥室裡，燒毀的相簿被埋在滅火器的粉末跟燒焦的床單底下，幾乎看不到了，最後是靠著消防人員的巧手才把相簿的殘骸完整取出來。
消防人員把相簿拿在手上時，幾張照片突然掉出來，緩緩飄落在地上排成一列。
我跟消防人員同時發出了「咦」的聲音，因為在如此高溫的燃燒下，這幾張照片竟完好無缺，一點燒焦的痕跡也沒有。
我數了一下，掉出來的照片共有五張，其中一張就是那名女學生的照片，這五張照片，想必就是那五位死者了。
老闆以為只要把相簿燒掉，他就能徹底遺忘那段過去，但死者卻不想這麼輕易放過他。

*****

準備動身回到國外前，我又到快餐店跑了一趟，想說至少要跟宜蓁講一聲再見。

沒想到故事開頭的情節再度上演，店面的大門深鎖，招牌也拆掉了。跟鄰居打聽後，他們卻一問三不知，只看到有工人來搬東西，整間店就這樣無預警地收掉了。

看來宜蓁終於認清事實，有些回憶雖然重要，但該捨棄的時候也絕不能心軟。

這些年來，老闆仍活在火災的惡夢裡，看到以前的舊客人上門，以及看到相簿被拿出來，對他來說都是心理上的折磨，死者們更緊追著他不放。

要終止老闆的惡夢，就必須切斷他的所有回憶。

這間店對許多人來說，絕對是無可取代的美妙回憶，但在老闆把菸蒂彈出去的那一刻，這些回憶就註定只能留在過去，沒有回味的機會了。

回家的暗號

不知道現在的學校還有沒有「路隊長」這個職務？

我小學時就當過路隊長，說起那個時候，書包可以插上路隊長的小旗子其實是一件很驕傲的事情啊。

以前放學時，除了由家長接送的同學以外，其他同學就必須由路隊長帶隊回家，一個班上通常有四到五個路隊長，而隊上的成員都是放學回家路線一致的同學。

路隊長通常由住最遠的同學來擔任，放學的時候路隊長會像母雞帶小雞一樣，書包上插著路隊長的旗子、威風地走在其他同學前面，一路上會陸續經過其他同學的家，路隊長必須看著隊上的同學平安回家，如果有到處亂跑的就要跟老師報告，不過通常也不會爲難同學就是了，畢竟那是個沒有3C產品，放學後丟了書包就跑出去玩的時代。

這樣一路走來，路隊長身後的同學會越來越少，最後只剩路隊長一個人。

其實只剩自己一個人要走回家的時候，那時的心情眞的很失落，小時候還不懂，長大後才知道那種感覺原來叫做寂寞。

在我擔任路隊長的那段時間，走到最後會只剩一位女同學陪我走，她家離我家只差一個路口，算住得很近，我每次都會看她走進家門後才會回自己家。

那位女同學回家時有一個很特殊的習慣，她會在家門口敲門，而且是用一種很特殊的節奏在敲門，叩叩叩、叩叩、叩叩叩、叩……聽起來很像某段音樂的節拍，但我聽不出是什麼音樂。

敲完神祕的節拍後，她才會拿鑰匙開門進去……奇怪，既然有鑰匙的話，一開始就沒必要敲門呀，雖然我很好奇，但一直沒有問她這件事。

*****

說起這位女同學，她在我們班上是老師最關心的學生，跟成績好壞無關，而是因爲她的家庭。

每天她來學校時，我們總能從她身上那些制服遮擋不到的地方看到新的傷痕及包紮痕跡。

年紀小的我們不清楚發生什麼事，但都知道她身上一定發生了恐怖的事情才會有那些傷痕的。

有時候她不在教室時，老師都會提醒我們要多跟她聊天玩耍、一起當她的好朋友，我們班上的同學人都很好，做什麼事都不會落下她一個人。

只不過她的態度都是愛理不理的，甚至從來沒在班上笑過，但我們都知道她只是假裝的，因爲她最後都會默默接受大家的好意。

那時我不知道她爲什麼要裝，後來才知道很多成年人也會這樣做，假裝自己很堅強，其實很需要溫暖。

曾經有同學從老師那邊問出她家的事情，原來她媽媽已經去世了，家裡現在除了爸爸之外，還有一個讀國中的姐姐。

問題就在於她爸爸每天回家後都會喝酒，然後把她們姐妹打一頓再去睡覺，老師曾經到她家拜訪過幾次，老師說跟她姐姐比起來，她身上的傷痕已經算很少了，因為每次挨打的時候，她姐姐總是一直保護著她的……

她爸爸酗酒的壞習慣已經持續很久了，聽說她媽媽的過世好像也跟爸爸酗酒有關，但是這點老師就沒有說太多了。

有一天放學回家，走到最後一樣只剩我跟她兩個人。

我記得很清楚，那天走回家的路上，有好幾台消防車飛速從我們身邊開過去。

「妳看，有好多台消防車，好酷欸！」

我藉此為話題想跟她聊幾句話，但她卻咬住嘴唇一言不發，眼睛緊盯著消防車前進的方向。

隨著繼續前進，我們的腳步也在不知不覺中加快了，因為我們發現火災濃煙飄出的地方就在我們家附近，最後我們朝著家的方向直接奔跑起來。

跑到她家時，她家已經完全陷入火海，整棟建築都被火焰吞噬。

她跑到封鎖線後方，抬起頭仰望火光。

一個鄰居阿姨認出她，跑到她前面抱住她，不斷跟她說話，但她像是什麼也聽不到，只是失神地看著火焰燃燒。

她的臉龐在火光的照耀下沒有任何表情，沒有哭、也沒有驚慌失措，就是什麼都沒有……彷彿遺失一切的表情。

火場中發現了兩具遺體，分別是她的姐姐跟爸爸。

新聞上說，她爸爸昨天丟了工作，一整天都待在家裡喝酒，而火災似乎是姐姐跟爸爸起了爭執才引起的，可能是姐姐不斷試著勸爸爸戒酒才吵起來的……事情的眞相已經跟他們兩人一起被火焰掩埋了。

火災發生後，那位女同學暫時被安置到親戚家，放學的路線也跟著改變，她不再是我這個放學小隊的一員了。

但是，她有一天突然在放學前跑來找我，問我：「我今天可以跟你的小隊一起回家嗎？」

「可是妳家不是……」

「拜託你。」她堅定地看著我的雙眼，不給我拒絕的機會。

「喔、喔，好啦……」我只好答應了她。

那天的放學路上，其他同學對於她的回歸雖然覺得有些奇怪，但並沒有人開口發問，或許其他人的想法跟我一樣，認爲她只是想回家再看一下，悼念一下家人而已吧……

同學們在路上陸續回到家，最後跟往常一樣只剩我跟她兩個。

我陪她來到已經燒毀的房子前方，雖然火災已經有段時間了，但房子周遭仍繞著封鎖線，我跟她一起站在封鎖線後面，正對著門口。

大門雖然也被火燒過，但門本身似乎沒有壞掉，現在是關上鎖著的狀態。

她看著曾經的家門，臉上的表情跟火災當時一樣，看上去沒有任何情緒。

我有點擔心地問她：「那妳接下來要回親戚家了嗎？」

「不，我要回這個家。」她一邊說著，身體同時往前走：「姐姐還在裡面等我。」

她彎腰鑽過封鎖線，站到了門口前方。

她的動作讓我措手不及，但我又不敢跨過封鎖線，只能在線後勸她：「等、等一下，妳姐姐已經不在了啊……」

「我以前敲門回家的時候，你都會在後面偷看，對不對？」她轉過頭問我，她的語氣並沒有質問的意味，但我卻覺得有些心虛。

我小聲愧疚地說：「我是有注意到那個，妳敲門的聲音，跟音樂的節拍好像……」

「那不是節拍，是我跟姐姐之間的暗號，我跟姐姐約好，回家的時候要用各自的暗號先敲門，代表回家的人是我或是她。」

她轉過頭看著門口，我再也看不到她的表情。

「家裡只有我一個人的時候，我總會害怕爸爸提早回來，因爲他一回家就會找我們出氣。」或許是想起了對父親的恐懼，她的聲音突然產生顫抖，但很快恢復了正常：「但是只要聽到暗號的聲音我就安心了，代表回來的是姐姐，而不是那個會打我們的人。」

她一邊說著，一邊將手握拳、湊近門板。

「只要有這個暗號，家裡就好像是另一個空間，一個只有我跟姐姐在一起的、很安全的地方……」

她在門板上敲出了那個暗號，叩叩叩、叩叩、叩叩叩、叩……

接下來發生的事情對當時小學生的我太過虛幻，就算是現在成年的我，也完全無法描述那個場景。

只能說，那扇門在她敲完暗號後就自動打開了。

門後方的空間並不是被火焚燒後的場景，而是再平常不過的客廳景象，客廳裡的一切感覺都好溫暖，隱約散發著橘色的光芒。

從她背後的角度，我能看到一個女性的身影站在客廳中間，但看不到臉孔跟細節。

她這時又轉過頭來，這次她的臉上露出了淡淡的笑容。

「謝謝你，我現在眞的回家了。」

她說完後就轉身走進門口，關上了門。

那是我最後一次看到她。

******

隔天她沒有來學校，老師跟警察都找我問話，那天放學後，她到底去了哪裡？

我跟警察說，因爲她說想回以前的家一下，所以我帶她到家門口，然後我就自己一個人回去了，不知道她最後的去向。

警察聽了我的話而去那間房子找人，一樣沒有找到她。

那天之後，她就從這個世界上消失了。

但眞相是，只有我知道她在哪裡，也只有我知道怎麼找到她。

她姐姐一直留在家裡，等著她回家的暗號。

那個敲門的暗號，我現在一直還記得。

只要到那扇門前敲下那個暗號，就能去那個空間找到她了……但不去打擾她，或許這才是最好的。

在我升國中那一年，那間房子同時也被拆掉了。

數十年後的現在，她敲出的暗號仍留在我的腦裡，叩叩叩、叩叩、叩叩叩、叩……

有時在半夜裡，我也會聽到類似節奏的敲打聲。
搞不好那是她在跟我報平安的意思吧，我想。

第二攤

孔洞裡的鬼話

黑色太陽

不知道一聽到「出差」兩個字，多數人會有怎樣的反應？至少對我來說是享受的，與其抱怨或咒罵，不如就好好享受過程，把它當成一趟小旅行吧。

不管是到哪裡出差，公司都會提供住宿的飯店給我們，因爲公司跟飯店簽的是長期租約，所以每次住的都是同一間房間。

我最常出差的地方是南部，公司跟當地一間知名的觀光飯店租了房間，每當我處理完公事，除了去附近逛街外，我還會妥善利用飯店裡的各種設施，吃到飽餐廳、健身房、游泳池、酒吧等等，我一定會把每個地方都逛過，在其他旅客眼裡，我就跟一般觀光客沒兩樣。

公司租的房間位於電梯前方，通常電梯前都會有一個T字形的空間，讓等電梯的旅客可以坐著休息，公司租的房間就在電梯對面，一開門就可以看到電梯。

對一些迷信的旅客來說，邊間跟這樣正對著電梯門的房間都是不能住的，不過我倒覺得無所謂，出差過好幾次後，我都住得很舒服。

要說那房間唯一怪異的地方，應該就是門上的防盜眼了。

不知道什麼原因，房間的防盜眼被某種塑膠填充物塞起來了，讓房客無法看到外面的景象。

是防盜眼壞了嗎？還是故意堵住的呢？雖然很好奇原因，但我並沒有去深入追究，畢竟這是一間大飯店，應該不會出什麼狀況才對。

直到這件事發生前，我都是這麼想的……

*****

事情發生時，公司一樣要派人去南部出差，但我因爲家裡臨時有事而無法抽身，公司因此派了另一個同事過去，那位同事剛好是我的大學學弟，靖華。

因爲這是靖華第一次出差，當他回到公司的時候，我特地買了飲料要去慰問他。

我帶著珍珠奶茶來到靖華的座位時，他整個人靠在椅背上，整人像是在放空一樣，雙眼無神地盯著桌面發呆。

這是我第一次看到靖華這麼消沉的樣子，平時的他總是充滿幹勁，一舉一動都帶著年輕人特有的活力，怎麼出差回來後就變這樣了？是車程太累了嗎？

「靖華，辛苦你了！」我走到他座位後面，伸手在他肩膀上拍了一下。

靖華明顯被我嚇到了，他一臉驚恐地轉過頭，但我當下沒有注意到他的表情，而是直接把珍珠奶茶放到他桌上，說：「這杯飲料是慰勞你的，學長的一點小心意，不要客氣拿去吧！」

如果是平常的靖華，一定會馬上站起來，用宏亮的聲音大聲說「謝謝學長」，讓全辦公室的人都聽到他對學長的謝意。

但此刻的靖華一看到奶茶裡那密密麻麻的黑色珍珠，就像看到毒蛇猛獸般發出恐懼的驚叫聲，同時伸手用力一揮把珍珠奶茶打到地上。

裝著飽滿奶茶跟珍珠的杯子一掉到地上，杯口的封膜也跟著破裂，奶茶跟珍珠從杯中灑出，在地板上流成一片。

其他同事聽到靖華的叫聲後，全都轉頭看了過來，我跟靖華都瞪大眼睛看著地上的珍奶，兩人周圍的空間像是時間靜止了一樣。

幾秒後，靖華才反應過來跟我道歉：「學長對不起！我不是故意的……」

我還沒從靖華剛才激烈的反應中回過神來，只是一杯飲料而已，他怎麼嚇成這樣？

靖華從抽屜中拿出紙巾，蹲到地上開始把奶茶擦乾淨，我也蹲下來幫忙。

好不容易把地上清乾淨，我靠在靖華的桌邊喘了一下，這時我才發現靖華的桌面有點不一樣，他桌上本來有一個系學會的筆筒，以及他不管到哪裡都拿在手上的保溫杯，現在卻都不見了，他整個人也是一副魂不守舍的樣子，究竟發生了什麼事？

「靖華，你看起來不太對勁耶。」靖華坐下來後，我以學長的身分關心他道：「出差這幾天發生什麼事了？事情沒辦好嗎？」

「不是的，跟那沒有關係……」靖華先搖了一下頭，然後抬起頭來問我：「學長，關於出差住的那間房間……你知道門上的防盜眼是被塞住的嗎？」

「我知道啊，怎麼了？」

「你有把它挖開來過嗎？」

「當然沒有啊，我幹嘛那麼無聊？」

「是嗎？」靖華突然趴到桌上，他用雙手緊緊抓著頭，不斷反覆說著：「但是我挖開它了，然後我看到……我看到了那個……不應該這麼做的……」

「喂，靖華，你怎麼了？」

我將手放在靖華的背上試著安撫他，但靖華喃喃自語的聲音越來越大，其他同事聽到聲音後慢慢聚集過來。

「要幫忙叫救護車嗎？」一名女同事問道。

「不，不用，沒關係的。」這時靖華稍微冷靜下來了，但他依舊連一句完整的話都說不出來：「我只是……我……我自己也不知道……」

最後在主管介入關心的情況下，靖華先跟公司請假回家休息了。

但究竟是什麼原因讓他如此心神不寧？在靖華離開公司的最後一刻，我們仍不知道答案。

*****

那天之後，我就沒有在公司裡看過靖華，他的座位也在不知不覺中被清掉了。

跟主管詢問後，我才知道靖華以「身心狀態需要休養」爲由向公司辭職，但公司高層很欣賞靖華的能力，還提議過可以保留職位等他回來，卻被靖華拒絕了。

沒人知道靖華離職的眞正原因，但我一直記得靖華最後跟我說的那些話，他離職的原因肯定跟那趟出差脫不了關係。

月底時，又換我去南部出差了，一樣是住在那間防盜眼被塞住的房間。

我在公事處理完後才來到飯店，而我到房間的第一件事就是檢查門上的防盜眼。

防盜眼依然是塞住的，但是上面的塡充物明顯被換過了，代表近期有人把它挖開來過，我想一定是靖華，但飯店很快就把防盜眼堵起來了，究竟是什麼原因讓飯店寧願用這麼不美觀的方式把防盜眼塞住，也不直接換個新的呢？

加上靖華最後說的那些話，這之間一定有所關聯。

我拿出準備好的工具，在不破壞到門板的情況下，小心翼翼地把塡充物一點一點挖開來。

隨著最後一塊塡充物被取出來，我終於見到了防盜眼的原貌。

防盜眼的玻璃鏡片完好無缺，把眼睛貼上去也可以淸楚看到房外的景象，感覺沒有任何問題。

如果防盜眼是正常的話，飯店爲什麼要把它堵起來呢？

我心裡正疑惑時，防盜眼正前方的電梯門突然打開了。

我本來以爲是同樓層的旅客回來了，但一看到電梯上方顯示的樓層，我貼在防盜眼上的瞳孔瞬間縮放，我懷疑我看錯了，因為上面顯示電梯還在一樓，但這裡明明是六樓啊。

此時，電梯門已經完全打開，電梯內的景象讓我的頭腦更加無法思考了。

電梯內什麼也沒有，只有無止盡、純粹的黑，像是黑洞，又像是海溝裡的無底深淵。

我整個人無法動彈，貼在防盜眼上的眼睛也忘了眨動，直到藏身於那片黑暗中的物體緩緩現身，我才眞正感覺到了恐懼。

那是一個高大的黑色人影，電梯對他來說像是一個窄小的牢籠，必須手腳並用才能爬出來，當他完全從電梯中掙脫出來時，他的頭部幾乎要抵到天花板，而他的手腳長度跟身體比例都令人不寒而慄，讓我聯想到潛伏在月色之下的可怕狼人。

高大的黑色人影開始朝我房間走來，但我的身體仍被恐懼支配著，無法逃跑。

那人影接著伸出了手指，他的指尖形狀看上去就像冰錐，銳利且閃爍著致命的光芒。

當他的指尖開始朝防盜眼逼近時，我的身體終於戰勝恐懼，重新獲得了行動能力。

我迅速把剛才挖掉的填充物塞回防盜眼裡，然後不斷往後退，一直退到了窗戶邊。

防盜眼重新被塞住的房門看起來沒有異樣，但恐懼的直覺告訴我，那東西就在外面，只要開門就會被他的指尖刺穿。

現在怎麼辦？我會死在這裡嗎？

我的情緒幾乎完全被絕望吞噬，這時我想到了靖華，他一定也看到了那個怪物，但是他成功地活著回去了，他是怎麼做到的？

我馬上拿出手機打給靖華，在我心急如焚的時候，他卻過了一段時間才把電話接起來：「學長？」

「靖華，是我！」我很快把我這邊發生的事情告訴他。

靖華聽到一半就知道發生什麼事了，他冷靜地對我說：「學長，你聽我說，你現在馬上把房裡所有圓形的物體都丟進抽屜裡，再用椅子把抽屜頂住，不要讓裡面的東西出來。」

「圓形的東西？」

我一時間沒聽懂靖華的意思，直到我看到櫃子上飯店附的茶杯，我才聽懂了。五根黑色的修長手指正慢慢從杯子裡伸出來，這些手指緊扣著杯緣，像是在努力把自己從杯子中擠出來似的……

同時，靖華也在我耳邊繼續說著：「只要你身邊有圓形的東西，他就可以從那邊出來，等他完全出來你就沒命了。」

沒等靖華說完，我已經把房間裡所有的茶杯、漱口杯都丟到抽屜裡，其他圓形的東西也不例外，吹風機、筆筒都被我丟進抽屜，再用椅子牢牢卡死，垃圾桶也被我用行李廂緊緊壓住。

確定房間裡所有的圓形物體都被控制住後，我才跟靖華繼續通話：「好了，現在該怎麼辦？」

「不要睡，等到天亮再離開房間，然後直接退房。」靖華的語氣依然冷靜。

「好，我知道了。」我緊張地不斷嚥下唾液：「我問你，我在防盜眼裡看到的……

那個從電梯裡走出來的到底是什麼鬼東西？」

「我也很想知道答案，所以我離職後就一直在尋找眞相，學長你回來後先來我家找我吧，我會跟你詳細解釋的。」

靖華的語氣突然停了一下。

「還有，學長……」靖華又說：「回來的路上盡量不要接觸圓形的東西，連看都不要看，不然你眞的會沒命。」

*****

天亮後，我拎著行李直接退房，離開了飯店。

靖華昨晚最後說的話一直在我的腦袋裡打轉，我本來聽不懂他的意思，但一走到路上我就懂了。

所有圓形的物體都變成了我恐懼的來源，不管是汽車的輪胎、十字路口的紅綠燈、甚至我皮夾裡的硬幣，我在每個圓形中間都看到了深不見底的「洞」，就跟我昨晚在電梯裡看到的一樣……只要我盯著圓形看一段時間，洞裡就會有東西開始蠢蠢欲動，是昨晚的那個怪物，他藏在每個圓形裡面，等著取我性命。

我也終於知道靖華看到珍珠奶茶的時候爲什麼會這麼害怕了，因爲我現在跟他一樣，都被圓形詛咒了……

抵達靖華家時，我的精神狀態已快要崩潰，我現在就像一個有密集恐懼症的人走在路上，卻發現路上的行人身上都是坑坑洞洞一樣。

靖華很快讓我進屋，還好，靖華已經把屋裡所有圓形的東西都拿出去了。

「學長，你先喝這個吧。」靖華用方形玻璃杯倒水給我喝，我瞬間把整杯水喝乾，感覺如獲新生。

休息得差不多後，我想起靖華叫我來的原因，便問：「你說你會詳細解釋……難道你已經找到答案了？」

「雖然不是完整的眞相，但我想已經很接近了。」

靖華回房間把筆記型電腦拿出來，許多舊新聞的網頁在螢幕上並列著，他一邊點擊網頁，一邊跟我解釋：「我查過那間飯店的歷史，在改建成飯店之前，那棟建築物曾經是某個宗教的招待會所，但那些信徒在集會時突然集體失蹤，沒人知道他們去了哪裡，招待所也因此空了下來，之後才被買下改建成飯店的。」

「宗教？是怎樣的宗教？」

「這方面網路上能查到的資料不多，不過聽說他們是一個崇尚黑色太陽的奇特宗教。」靖華繼續說：「一般來說，太陽是帶來生命的象徵，但他們相信宇宙中有另一個黑色太陽的存在，只是尚未被人類發現，黑色太陽的能量更強大，但跟正常的太陽相反，必須透過死亡才能獲得黑色太陽的能量。」

「聽起來根本就是邪教嘛！」

「我也是這麼想的，當年其實有許多傳言，有人說那些信徒的失蹤其實是集體自殺，屍體則是被他們信奉的黑色太陽作爲能量吸收了，也有人認爲黑色太陽是一種詛咒，創教人只是想把詛咒分擔給信徒而已。」

靖華最後將筆記型電腦闔上，臉色沉重地對我說：「學長，不管哪個才是真相，我想我們一定也被那個詛咒纏上了，我們出差住的房間或許就是信徒集體自殺的地方，之前一定有房客出過事，飯店才決定把防盜眼堵起來的。」

「嗯……」我無力地看著已經喝空的玻璃杯。

「學長，你還要水嗎？」

「不用了，沒關係。」我用手壓住額頭，「我只是頭很痛，如果那個怪物會藉由圓形來找我們，那我們之後到底該怎麼生活下去？」

「我也在煩惱這一點，但還找不到解決的方法。」靖華放下電腦站了起來，說：「我去一下廁所，學長你先休息一下吧。」

靖華走向廁所後，我閉上眼睛開始苦思。

現代的生活不可能完全脫離圓形，太多東西都是圓的了，寶特瓶、輪胎、各種燈號，根本逃不掉，甚至在人體的構造上，我們身上有東西就是圓形的……

我思考到一半時，廁所裡突然傳來「碰」一聲，像是有東西倒在地上。

「靖華，怎麼了嗎？」我朝廁所問道，但靖華沒有回應。

我站起身來，慢慢朝廁所靠近。

廁所門口外，我看到靖華的上半身頹倒在地上，但他背對著我，我看不到他的臉。

「靖華？」我一邊呼喚著他的名字，一邊繞到靖華的正面，卻看到恐怖的一幕。

鮮血正從靖華的眼窩淌流至他正面的地板，在他眼窩裡的已經不能稱爲眼球，而是兩坨破碎的肉泥，看起來像被某種尖銳的物體刺穿搗爛了。

我馬上想到那個黑色人影的指尖，但靖華這麼小心，爲什麼還會……

廁所裡的燈開著，我朝廁所內瞄了一眼，很快就找到了答案。

我在洗手台的鏡子上看到了我自己，以及我雙眼中的瞳孔。

黑色的瞳孔從眼珠中心綻放著不可思議的棕色波紋，看起來就跟太陽一樣。

原來，這就是黑色太陽的眞相嗎？

思考到眞相的同時，我完全忘記了詛咒的存在。「啵」的一聲，在我瞳孔中蠢蠢欲動的怪物已經將手指從我的瞳孔穿出。

鄰居的回條

因爲換新工作的關係，我搬到了〇市。

剛到一個新地方，要做的第一件事就是找地方住，由於手頭上的預算不是很充裕，我只能租到一間便宜的雅房，暫且先住下來。

就跟市區中常見的雅房一樣，整層樓用木造牆板分隔成八到十間房間，公用的浴廁則在中間的位置。

木造牆板的隔音很糟糕，爲了不影響到別人，我聽音樂跟看電影都盡量戴著耳機，但其他住戶就沒這麼有公德心了，鄰居在做什麼事情、聽什麼音樂，房間裡全都聽得一清二楚。

雖然環境吵了點，但考量到目前的經濟狀況，我只能硬著頭皮先住下來。

雅房三坪的空間並不大，但對三十多歲的單身男性來說，已經是很舒適的空間了。單身還有個好處，就是可以把錢花在自己想花的地方，而我除了待在家裡玩遊戲之外，就沒有其他嗜好了，加上新工作待得也很順利，我很快就在○市存到了一筆錢。

儘管存款已經足夠讓我搬去更好的地方了，但不管再破爛的地方，住久後還是會有感情的，那些我一開始會覺得困擾的鄰居噪音，現在沒聽到反而會睡不著，加上我也跟附近的店家逐漸培養出感情，雖然這一區沒有高級的百貨公司跟觀光景點，但卻是個有人情味的好社區。

要說唯一缺點的話，就是房東本來附的電視實在太小了，對於喜歡玩主機遊戲的我來說真的是視力上的一大考驗，於是我自己又買了一台大尺寸的電視。

房東附的電視是壁掛式的，就在我把舊電視拆下來、準備把新電視裝上去時，我突然注意到電視後方的牆板上有一個小洞。

那是個毫不起眼的小孔洞，該怎麼形容它的大小呢？就像把拳頭握成望遠鏡的形狀後，中間只留下一個小小的三角形縫隙那樣。

這個小孔的對面是什麼？出於好奇，我把眼睛湊了上去。

孔洞雖小，但因爲針孔成像的關係，眼睛看到的畫面反而變得很清楚，但無法自由調整角度。

出現在孔洞裡的是一張書桌，桌上擺放著許多書本跟文具。

這是我隔壁房間的景象嗎？但我對隔壁的房客並沒有印象，事實上，因爲工作時間跟大家錯開的關係，我對同樓層的住戶都沒有太多印象，雖然平時能聽到他們房間傳來的雜音，但聲音實在是太亂了，根本無法分辨來源，所以我完全不知道隔壁住的是怎樣的人。

從桌上的課本來看，隔壁房客是一名學生，其中又以跟會計貿易有關的課本居多，附近剛好有一間以商科聞名的大學，他應該就是那裡的學生吧？

我眨動眼睛想看清楚更多細節，突然一個人影出現在畫面裡，我嚇了一跳，並下意識憋住呼吸。

那是個長髮女生的背影，她背對著我坐到書桌前，兩手同時俐落地把長髮紮在頸後，她的側臉也因此進入我的視線範圍，是個面貌清秀的女學生，她穿著寬鬆的居家睡衣，紮好頭髮後就翻開課本看了起來。

不知道什麼原因，我的眼神竟完全無法離開她的背影。

我將呼吸節奏放慢放輕，繼續把眼睛貼在小孔上看著她的一舉一動。

我知道我這是在偷窺，我也知道這是不對的行爲，我應該把這個洞堵起來，然後掛上電視，當作這件事從來沒發生過。

但我做不到，這是我第一次體驗到偷窺的快感，而我驚訝地發現，我竟然很享受這種感覺。

當然，愧疚感還是會有的，那又怎樣呢？這個洞又不是我挖的，我只是湊巧發現它的存在，無意中窺見了隔壁房客的生活而已。

那天下午，裝新電視的事徹底被我拋到腦後，我就這樣凝視著女學生的背影，陪她讀了一下午的書。

聽起來可能很無聊，但每當她伸手抓癢、或是轉身伸懶腰的時候，我的心跳就會跟著加速，並在心裡吶喊著：「不要只是一直看書，多做一下其他動作給我看嘛！」

直到外面的天色暗下來後，女學生才終於離開書桌，消失在我的視線範圍裡。

孔洞的視角有限，我只看得到書桌，如果她是在旁邊換衣服或做其他事情，我是看不到的，雖然有點可惜，但這也減輕了我的罪惡感。

沒錯，我的確在偷窺，但我沒有侵犯到她的隱私，我只有看她讀書，就只是這樣而已……我不斷在心中喃喃自語，試圖說服自己的良心接受這一點。

等了一段時間後，女孩都沒有回到書桌旁，或許她讀書讀累了，所以先上床睡覺了吧？

看看時間，我也差不多要出門上班了，新電視就明天再裝吧。

就在我準備把眼睛從孔洞上移開時，我突然注意到女學生桌上的一個東西有點不對勁。

因爲她剛才一直坐在書桌前，擋住了我部分的視角，直到現在我才發現她桌上有一個卡通圖案的桌上型日曆。

今天是二〇二二年三月二十一日，她桌上日曆翻到的也是三月二十一日這一頁，但年份卻標示著二〇一二年。

我又看了一下她桌上的時鐘，時間跟我這邊是同步的，只有日曆上的年份差了整整十年。

怎麼回事？她爲什麼要用十年前的日曆呢？難道是買不到今年的日曆，所以用十年前的日曆替代嗎？不可能有這種事吧？

雖然覺得很奇怪，但眼看上班時間就要到了，我只能先放下心中的疑惑，換衣服出門上班去。

出門時，我刻意看了一下女學生的房門口，是空的。

這裡的住戶習慣把鞋子跟準備要丟的垃圾放在門口，但在我的記憶中，隔壁門口從來沒放過任何東西，不管鞋子或垃圾都沒有。

那名女學生，究竟在裡面過著怎樣的生活？

間。

＊＊＊＊＊＊

我更改了新電視預定的安裝位置，好讓我隨時能透過牆上的孔洞看到女學生的房間。

本來沒有特定嗜好的我，嚐到偷窺的快感後就再也回不去了，孔洞對面的空間比遊戲的世界還要吸引我。

孔洞所見的範圍依然只有她的書桌，我沒有將孔洞挖大，因爲我怕再弄大一點，可能就會被她發現了。

這幾天觀察下來，女學生看書的背影確實撫慰了我的寂寞，不過有個謎題還是一直沒解開，那就是她桌上的日曆。

隨著時間的經過，她桌上的日曆也會跟著翻頁，三月二十一日、二十二日、二十三日……但她用的依然是二〇一二年的日曆，爲什麼她不換回今年的日曆呢？這樣的話日期不會對不起來嗎？

除此之外，她看書的方式也讓我覺得很奇怪，但一時間又說不出來哪裡不對勁，總覺得她的一些動作跟一般人不太一樣，但我卻無法具體描述出來……

三月三十一日，這天是跟房東續約的日子。

我跟房東約在附近的便利商店碰面，在簽名續約的時候，我佯裝成隨口提起的樣子，問：「房東大哥，我隔壁那個女生也跟你續約了嗎？」

「啥？」房東愣了一下，似乎沒聽懂我在說什麼。

「住我隔壁那個女學生呀，我出門的時候偶爾會看到她，她也住很久了吧？」

「不知道你在說什麼。」房東搖了搖頭，說：「你隔壁房間沒住人，已經空十年了。」

「欸？」這次換我聽不懂房東在說什麼了，「空十年了？什麼意思？」

「那件事發生後，那裡就沒人住了……」

房東像是意識到自己講了不該講的話，看到我已經簽完名，便把合約收回去急著要走。

我本想繼續問下去，但看到房東的表情越來越可怕，我只好乖乖閉嘴。

房東離開後，我坐在便利商店裡拿出手機開始搜尋新聞，房東說的「那件事」到底是什麼？我無論如何都要知道答案。

輸入幾個關鍵字後，我很快找到了答案。

新聞上沒有提到地址，但有附上事發大樓的照片，正是我現在住的那棟雅房。

十年前，大樓裡發生了獨居女大學生被刺殺的命案，警方至今還沒有抓到兇手。

新聞裡還附上了案發現場的照片，其中有一張書桌的特寫，可以看到有不少血跡濺到桌面上，雖然有經過模糊的馬賽克處理，但我還是一眼就認出來了，那正是那名女學生的書桌。

而書桌上的日曆，則是停在二〇一二年的四月一日。

我終於知道爲什麼我會覺得女學生讀書的方式很奇怪了，因爲她完全沒用到智慧型手機或平板電腦這類的科技產品，對現代大學生來說，這些已經是他們上課做筆記的標準配備了，爲什麼她一次也沒用到？

答案很簡單，因爲她跟我的時間差了整整十年，我看到的是位於二〇一二年的她，當時多數學生還習慣用傳統的手寫筆記。

理解這點後，我很快發現另一個殘酷的事實。

今天是三月三十一日，案發日期是四月一日，也就是說，她將在明天被殺害。

這件事重擊了我的大腦，我馬上跑出便利商店，衝回自己的房間裡。

唯有透過那個孔洞，我才可以看到她，或許身在未來的我還有機會可以警告她，請她明天不要待在家裡，不然就會被殺害。

回到房間後，我馬上把眼睛貼到孔洞上，果然看到了她坐在書桌前讀書的身影。

接下來呢？該怎麼做才好？我要怎麼警告她？

我先試著用拳頭敲牆板吸引她的注意，但沒有用，就算我直接把嘴巴湊到孔洞前大叫，她還是無動於衷，不管我怎麼努力，我的聲音都無法傳達到她那邊。

還有其他方法可以警告她嗎？物體呢？物體可以藉由孔洞傳遞過去嗎？

我抽出一張便條紙，把我的身分，以及明天將發生的事情都寫在上面，然後小心翼翼地捲起來，塞進孔洞當中。

「拜託了，要過去呀……」

我用手指把便條紙用力推進孔洞裡，隨著我的手指推到盡頭，我知道紙條已經成功抵達隔壁房間了，但她會注意到嗎？

我重新把眼睛湊到孔洞前，卻看到她伸了個懶腰後站起來，然後往旁邊走去。

她沒有關掉桌上的檯燈，依照我之前觀察的經驗，她應該只是累了去旁邊小睡一下，很快會再回來。

拜託了，妳一定要發現那張紙條呀……我不斷在心中祈禱著。

*****

那晚，我不敢再去看孔洞裡的畫面，而是坐在床上遠遠地凝視著孔洞。

我感到恐懼，我怕當我再看向孔洞時，看到的會是她被殺害的可怕畫面。

我知道這件事會發生，卻沒有辦法阻止，我無法接受這樣的事實。

「妳一定要活下去……」

我在床上用雙手抱緊膝蓋，本以爲我會徹夜未眠，但最後我還是迷迷糊糊地睡著了。

當我醒來時，已是早上九點多了，案發時間已經過了，她還活著嗎？

不管我再怎麼害怕，終究要去確認答案的。

我全身顫抖地從床上站起來，走到孔洞旁邊將眼睛湊了上去。

一片漆黑，什麼都看不到。

有東西擋住了嗎？

突然，我的腳趾感覺到有異物的存在。

低頭一看，我昨天傳過去的便條紙竟在我的腳邊滾動著。

我昨天確實把紙條丟過去了，它會出現在我的房間只有一種可能，就是有人趁我睡著的時候把它丟回來了。

把紙條從地上撿起來後，我緩緩將它攤開來檢查，發現我的筆跡下面多了兩行字。

那兩行字分別是「謝謝你」，以及「我會去找你的」。激動的情緒在我的心裡醞釀著。

這顯然是女學生寫給我的回覆，成功了！她看到我的訊息，並成功從十年前活下來了！

我開心地快要跳起來時，房門口突然傳來了敲門聲。

是她來找我了嗎？算算年齡，十年過去，她應該跟我差不多大了吧？被喜悅沖昏頭的我直接把門打開來，卻看到一名陌生男子站在我面前。

因爲跟期望看到的有落差，我當場在原地愣住了。

突然，我感覺胸口一涼。

同時，男人臉上也露出陰森的冷笑。

我低下頭，一把匕首不知道什麼時候插在了我的胸口。

在我剩下最後一點意識時，我終於懂了，把紙條丟回來的不是女學生，而是我眼前的兇手。

第三攤

手機裡的鬼話

搜尋

跟朋友去一家百貨商場的美食街用餐的時候，朋友突然帶到一個話題。

「這間百貨公司幾個月前才出過事情，沒想到人還這麼多啊。」

「咦？眞的嗎？」我馬上好奇地問。

「對啊，之前有一篇女顧客在百貨公司廁所裡自殺的新聞，雖然媒體沒有報出是哪間百貨公司，不過我有個朋友在這裡上班，他告訴我就是這間！」

「啊啊，眞的假的？」

「不然你用手機查查看。」

我馬上用手機搜尋，輸入「女顧客、自殺、百貨」等關鍵字後，馬上找到了那篇報導。

果然，新聞畫面中雖然只播出百貨公司的零碎畫面，但簡單比對一下，很快就能認出是這間百貨公司了。

「沒想到有這種事，出事的那間女廁我們不是剛剛才經過嗎？」

「對啊，有人自殺的那間廁所現在仍有人在使用，想起來就覺得恐怖。」

「不過要是這樣就把廁所封起來的話也很奇怪吧，少一間廁所的話，客人遲早會抗議的。」

我放下手機，跟朋友以此為話題開始聊天。

等我們用完餐準備離開的時候，我的手往放手機的位置一抓，卻發現什麼都沒摸到。我低下頭來，整個桌面都找不到手機。

「手機不見了！」

「怎麼可能？你剛剛不是還有拿出來用嗎？」朋友說：「會不會放在口袋裡或是掉到桌子底下了？」

我翻遍身上每個能放東西的空間，趴下來檢查桌子底下，都沒有看到手機。

要是這樣，就只剩一個可能……有人趁我們在聊天的時候把手機從桌上偷走了，眞是明目張膽的小偷啊。

「先去服務中心那邊報案吧，手機被偷可是大事！」

朋友帶著我去到服務中心，跟服務人員說明我的手機不見之後，服務人員從身後拿出一支手機來，問：「是這支嗎？」

「咦？」我呆了一下，因爲那支手機不管型號還是保護殼都跟我的手機一模一樣，但是怎麼會出現在這裡？

「這是剛剛有人撿到的，是你弄丟的嗎？」服務人員問。

「好像是耶，我看一下……」我伸手接過手機，手機表面有點濕濕的，不知道是沾到什麼液體，反正我的手機有防水，沒差。

我很快用密碼解鎖，向服務人員證實這確實是我的手機。

「所以這眞的是你的囉。」女性服務人員的態度不知道爲什麼很不客氣，也罷，手機都找回來了，我也不想計較這個了。

我問：「請問是在哪裡撿到的？」

「地下美食街的女廁，掉在馬桶裡面。」服務人員的眼神充滿警戒。

女廁？馬桶？但我跟同行的朋友都是男生，根本沒有進過女廁呀，難怪服務人員對我的態度是這樣，她把我當成偷拍女廁的嫌疑犯了嗎？

「小姐，妳聽我解釋，我根本沒有進過女廁，一定是有人偷走我的手機，然後發現我的手機是舊型號，根本沒有價值後就把它丟在女廁裡了，一定是這樣的！」

「喔？」服務人員挑了一下眉毛。

「眞的啦，妳這裡可以調閱監視器嗎？一定是有人趁我在吃飯的時候把手機從桌上偷走的。」

「如果你覺得有需要的話，我可以通知保全的中控室幫你調閱。」

「那太謝謝妳了！」

在服務人員的協助下，我們在中控室看到了手機從餐桌上消失那一瞬間的影片。

那是一段讓我無法形容的影片，連幫忙播放影片的保全大哥也不知道該說什麼。

那幾乎是在半秒內快速發生的事情，我跟朋友在餐桌上聊天時，有一隻慘白的手臂從我的肩膀後面伸出來，把我的手機從桌上抓走，然後又縮回我背後。

但是我的座位是靠牆的，後面根本沒有任何人在，那隻手不知道透過什麼方式，把我的手機變到女廁去了。

雖然沒有正式確認，但我相信找到手機的那間廁所，應該就是幾個月前有人自殺的那間吧。

我會這樣相信，主要是因爲我後來在網路上看到一篇文章，裡面說不要在事故之地打聽事故之聞。

意思就是不要在出過事的地方去搜尋或打聽那件事的相關消息，這種行爲會喚來死者。

我在當天把那支手機帶回家後，發現相簿裡多出一張我從沒拍攝過的照片。

請原諒我無法說出照片的內容，只能說那張照片是死者爲了警告我而留在手機裡的，那是帶著惡意的照片，只要看一眼就會睡不著覺。

我閉著眼睛把那張照片刪掉後，就不再使用那支手機了。

才不會分手

本來今天晚上跟育仁約好要一起到酒吧聊天解悶的，不過我自己一個人在吧檯獨自坐了三十分鐘後，一直等不到他出現，所以我打了通電話過去。

他過了一分鐘後才把電話接起來，我馬上問：「喂，你在哪啊？」

「我在路上。」

「靠，我已經等你三十分鐘了耶，你還在路上？你現在騎到哪裡了？」

「我今天晚上不會過去酒吧了。」

育仁那邊的背景傳來不斷呼嘯的風聲，他騎車的速度似乎不慢。

「你不過來了？不是說好要聊佳芸的事情嗎？怎麼不來了？」

「因爲……」育仁的聲音夾雜著風聲，聽起來很模糊，但他所說的話卻一清二楚地傳了過來：「我現在要去找她。」

「找她？」我可以感覺到我的心臟血液突然停了那麼一下，「我有聽錯嗎？你要去找她？」

「對，我已經快到了。」

「媽的，你該不會是要去那裡吧？」

「不管怎麼樣，至少我都要去確認一下吧。」

「就算她再傻，也不可能到現在還留在那裡啊！」我激動地說：「別做傻事，你快點回來！」

但是育仁已經把電話掛了，看來他心意已決，已經不想多費心思與我辯駁了。

眞是的……就算佳芸再傻、再天眞、再怎麼喜歡育仁，都不可能還留在那裡吧。

＊＊＊＊＊

佳芸跟育仁是一對情侶。

不，應該說是已經分手的情侶。

不過分手的經過比較麻煩而已。

我跟育仁認識快十年，他這傢伙十年來的風流史都快可以寫成教科書了。而他這次本來就只是要跟佳芸玩玩而已，預計交往兩三個月就打算分手，沒想到佳芸一直黏著育仁不放，變成了一個燙手山芋。

該怎麼辦呢？

最後育仁找上了我幫忙，育仁當時說：「我覺得，之前都是因爲我提分手的手段不夠激烈，所以才一直失敗，你有什麼好方法嗎？」

身爲最佳損友的我當然答應幫忙，我的腦袋裡馬上就想出了一個完美的計畫。

就去「那個地方」吧。

所謂的那個地方，我們還沒有取一個正式的名稱。那是我在網路上看到的，一座隱藏在山上的廢墟，必須將車停在路邊後，還要走上一條小徑才能抵達的神祕景點。

那幢廢墟是一棟兩層樓高的建築物，本來似乎是賣飲料給登山客的雜貨店或民宿，不過現在已經完全荒廢了，門窗什麼的都被拆光光，裡面除了夜遊者丟棄的垃圾外，完全沒有其他東西。

不過從二樓樓頂直接往山腳下看，可以看到非常美麗浪漫的夜景，雖然我自己是沒有去過，不過育仁跟前幾任女友常常去那邊約會，因爲夜景太美氣氛太好，有好幾次他們都在樓頂直接發生了限制級的肉體關係。

我幫育仁想出的計畫很簡單，趁著兩人單獨在樓頂看夜景的時候，育仁只要假裝說要上廁所，然後跑下樓，偷偷溜下小徑，跨上機車逃走，這樣就行了！

山上沒有訊號，就算佳芸終於意識到育仁已經落跑，她想求救也沒辦法，除非她運氣好遇到其他夜遊的情侶，不然最後她就只能一個人孤零零地走下山，這種被拋棄的恐懼跟憤怒，讓他們鐵定分手！

提出這個計畫後，我問育仁：「你覺得如何啊？」

育仁則比出了大拇指：「讚！這手段夠激烈了，有你的！」

不過，當計畫實行後，問題來了。

那天晚上，當育仁一個人下山時，他還特地打了電話給我：「兄弟，計畫成功了！等佳芸明天走下山後，應該就對我完全死心了吧！」

不過一天、兩天、三天……到現在已經過了兩個禮拜，完全沒有佳芸的消息。

她沒回家，也沒去學校。

佳芸的同學跟家人曾經來找育仁問過，但育仁的回答都是「不知道」，他怎麼敢把眞實的經過告訴佳芸的家人呢？

昨天晚上，育仁相當驚恐地打電話來問我：「喂……你說，佳芸是不是還在樓頂上等我回去……」

「怎麼可能，就算她再怎麼癡情，也不可能在上面等兩個禮拜吧？」我推測：「她應該是完全看破感情了，所以就一個人不告而別，跑去做什麼出國輕旅行散心之類的，很多年輕人不是都會這麼做嗎？也許過兩三天她就會回來了，不用擔心啦。」

「眞的嗎……」

「嗯，不然這樣啦，明天晚上你有空嗎？到酒吧來，我們好好聊一下，你眞的不用擔心那麼多啦。」

育仁在當下答應了我的邀約，結果今天晚上他不但沒來酒吧，還跑去山上的廢墟去找佳芸，眞服了他啊……

原本是不擇手段想甩掉人家的，結果現在又那麼擔心對方，我眞搞不懂他的想法。結果今晚變成了一個人的酒局，我簡單喝了幾杯酒以後，手機響了，是育仁打來的。應該是在廢墟沒找到佳芸，又打來問我該怎麼辦的吧，眞麻煩。

我接起來，用調侃的語氣說：「找得怎麼樣啦？要下山了嗎？現在趕來喝酒還來得及喔。」

對方只說了一句話。

這句話讓我的手指瞬間失去所有力氣，手機跟著摔落地面，螢幕破碎的聲音接著響起。酒保用驚訝的眼神看著我，想必我此刻的臉孔一定因爲害怕而扭曲的不成人形。

在我報案並把事情經過都告訴警方後，警察隔天就在廢墟的屋頂發現了兩具屍體。

芸。

分別是死因不明，身上沒有外傷的育仁，以及屍體已經腐爛，確認是割腕自殺的佳芸。

警方也發現了一件可怕的事實……從佳芸的屍體脫水情況來判斷，佳芸至少在上面等了三天，飢餓程度來到人體極限後才決定割腕。

她之所以不走下山求救，是因爲她仍期望著育仁會回去接她吧，直到三天後，她才覺悟育仁是不可能回來的，便決定了自己的死亡。

但我昨天晚上也確確實實從育仁手機打來的電話中，聽到了佳芸的聲音。

像是在跟我威嚇一樣，原本已該死去的她冷冷地說道：「我們才不會分手……」

他人的手機畫面

知道跟我一樣坐捷運通勤的人有沒有跟我一樣的感覺，那就是在捷運上打開手機來用的時候，總是能感覺到有人在偷看。

坐著用手機的話，就能感覺到有站著的乘客正在低頭偷看我的螢幕，站著的話，也能感覺到有人從背後偷看。

感覺被偷看的時候，我的一切彷彿全都暴露在對方的眼中，跟朋友的對話紀錄、臉書上每個朋友的動態、自己訂閱的每個Youtube頻道，全都被別人看光了，那是一種讓人又生氣又覺得受到羞辱的氣憤感。

但是一抬起頭，又會發現其他乘客都在做自己的事，有的滑手機、有的睡覺，剛才的視線感完全消失無蹤。

這個時代，把注意力放在自己的手機上就有得忙了，眞的還有人會偷看別人的手機嗎？

搞不好眞的有這種人吧，畢竟變態可以分很多種，有喜歡偷內褲跟內衣的戀物癖、也有喜歡偷聞女生鞋子的戀足癖，而我遇到的搞不好就是喜歡偷看別人手機的偷窺癖。

雖然對方的行爲很難用法律制裁，但實在很想要當面制止這種行爲，對現代人來說，手機螢幕已經是一個不可侵犯的空間了，希望也能有這種法律，偷看別人手機就要被罰錢之類的……

有一次我跟友人提到這種現象，結果她竟然跟我一樣，坐捷運時都會感受到偷看的視線感。

「不過我的情況比較特殊……」友人說，因爲她的工作時間比較晚，所以常常坐最後幾班捷運回去，車廂裡往往不會超過十個人。

友人說：「很奇怪，就算車廂裡的其他人都在我的視線範圍裡，但我還是可以感覺有人從某處在偷看我的手機。」

這種現象也有可能發生，因爲就算是坐著使用手機，坐在對面或遠一點的人還是能利用車窗上的反光偷看。

「那種視線眞的是防不愼防！」友人煩惱地說著，不過她接著改變口氣，無奈地說：「不過後來我試著找出視線是從哪裡來的之後，想說就算了吧……」

「咦？所以妳找到是誰在偷看了？」

「算是吧。」

友人說：「有一次我坐在座位上感受到那股視線感的時候，我直接打開手機的自拍鏡頭，結果看到車窗外面掛著一張上下顚倒的慘白臉孔，那張臉看到自拍鏡頭照到自己後，一下就不見了……」

第四攤

畫面裡的鬼話

片尾的詛咒

身為影評作家的好處，就是經常能收到電影首映的活動邀請，在正式公映前先一步看到電影內容。

我愛看電影，電影公司也需要我這樣的人來幫忙宣傳，雙方可以說是各取所需。

在鬼月即將到來的時刻，我收到了一部恐怖片的首映邀請，而且還是電影的導演兼製片富堯親自邀請我的。

從大學同窗到現在，我跟富堯已經認識十幾年了，雖然我們畢業後的發展各不相同，但仍維持著好朋友的關係。

富堯一直堅持走在電影創作的路上，從小小的場務開始，如今已經是每年固定產出一部電影的導演了。我則是進入新聞界當記者，利用閒暇之餘寫些影評文章，也慢慢在電影界有了名氣。

富堯的電影主打創新，同樣的題材他絕不拍第二遍，對他來說，每部作品都是嶄新的影視實驗，他不斷嘗試電影的各種可能性，顛覆觀衆對於電影的想像，因此在年輕市場很受歡迎，畢竟現在年輕人對電影題材可是很挑的。

在這之前，我已經幫富堯的電影寫過好幾篇影評，內容都是正面的，因爲富堯的電影確實很優秀，這次我也義不容辭地答應了富堯的邀約，除了我本來就很愛看恐怖片之外，這部電影還是富堯的第一部恐怖片，我更不能錯過了。

******

來到首映的電影院後，聚集在現場的幾乎都是知名的網紅、影評家或是電影業的相關人士，其中也有不少重量級的大咖人物。

這也難怪，因爲富堯的每部作品都是票房保證，特別是他這次拍的恐怖片，更可以用前無古人來形容。

在富堯寄給我的資料裡，他反覆強調這部電影的主打標題「最眞實的恐懼」，簡單來說就是電影中所有的恐怖橋段都是眞的，與其說這是一部電影，不如說這是一部在鬼怪環伺的情況下拍攝的眞人實境秀更爲恰當。

爲了拍攝這部電影，富堯做了幾個大膽的嘗試，首先是演員全面採用素人，因爲這部電影講究的不是演技，而是遇到突發事件時最直接的反應。

拍攝地點更是富堯經過多年田野調查後才選定的，那是一片位於中部山區的森林，是當地部落居民眼中的禁地，就連他們也不敢踏足那片森林。

據說，富堯曾經獨自在那片森林裡待了一個晚上，確定眞的有靈異現象發生後，他才決定帶劇組上去拍攝，但那片禁地究竟位於何處，富堯沒有向媒體透露，所有參與拍攝的人員也簽了保密協議，這是只有他們才知道的祕密。

至於電影劇情，雖然富堯爲此特地寫了劇本，但劇情本身很普通，就是幾名年輕人相約一起去山區露營，毫無露營經驗的男主角要想辦法在露營過程中跟心儀的女主角告白，是很乏味的青少年劇。

不過這部電影著重的本來就不是劇情，而是連導演都無法掌握的、隨時隨地會出現的眞實靈異事件，不管拍攝過程發生多恐怖的意外事故，導演都不會喊卡，演員就算被嚇到魂飛魄散也要照著劇本繼續即興演出，讓這場露營能順利結束。

總之，這是一部Action喊下去後，導演跟演員都不知道下一秒會發生什麼事的電影，更是富堯冒著觸犯禁忌的風險也要讓觀衆感受到眞實恐懼的賭命之作。

*****

聚集在電影院入口的人相當多，富堯站在門口跟每個人一一握手打招呼，這是他的習慣，也是他做爲電影導演的堅持。

我想要有多一點時間來跟富堯聊天，於是排在隊伍的最後面。

隊伍以緩慢的速度進入電影院，快要輪到我的時候，突然一個身影從我身後竄出來、並繞過隊伍直接往門口走去。

我以為對方要插隊，於是直接喊了一聲：「喂，等一下！」

聽到我的聲音後，對方轉頭看了我一眼。

看到對方的臉後，我愣住了，因為不管長相或穿著，對方看起來都不像是來出席首映會的人。

那是一名膚色黝黑的老婦人，她臉上佈滿形狀怪異的皺紋，每道皺紋就像刀子的割傷，扭曲又恐怖，纏在頭上的棕色長髮看起來像從來沒洗過似的，讓人望而生畏。

更詭異的是老婦身上的服裝，那甚至不能稱為衣服，只是把幾件髒床單反覆套在身上罷了。

老婦雖然轉頭朝我看來，但她的腳步並沒有停下來，而是咻一下進到電影院裡，不見了。

奇怪的是，門口的驗票人員竟然像是完全看不到她似的，就這樣直接讓她入場了，難道那名老婦是打掃阿姨之類的工作人員嗎？

正感到疑惑時，突然一個聲音朝我喊道：「阿葉，你來啦！」

我回過神來，原來前面的人都已經入場了，我是最後一個，富堯正微笑著向我伸出右手。

我伸出手跟富堯相握，笑著說：「你都邀請我了，我敢不來嗎？」

多年好友見面，鐵定有很多話題要聊，不過眼看首映會就要開始了，我便跟富堯說：「等結束後我再找你好好聚一下，先進去了。」

「快去吧，結束後我們再好好喝一攤！」

富堯在我背上拍了一下，這時我突然想起剛才那名詭異的老婦人，她有沒有可能是其中一名演員呢？

「對了，阿富，我剛剛看到……」我把老婦人的特徵描述給富堯聽，並問：「她也是你找的素人演員嗎？如果是的話，那我很期待她的演出呢！」

富堯的表情變得嚴肅，好像老婦人的到場對他來說是天大的壞消息似的，但他卻假裝不在意地說：「我也不知道那是誰，我這部的演員都是年輕人，沒有找長輩喔。」

「咦？那她是……」

「好啦，首映快開始了，你先進去吧，結束後再聊！」

富堯用力把我推進電影院，他嘴巴上說不知道，但他的態度顯然是在意的，究竟是怎麼回事？

在走進影廳之前，我又轉頭朝富堯看了一眼，只見他神情緊張地跟其他劇組人員交頭接耳，彷彿恐怖片的情節即將眞實上演……

*****

電影結束後，影廳內爆發出如雷的掌聲，每個觀衆都在鼓掌，因爲富堯確實拍出了一部不得了的恐怖片。

片中雖然沒有令人驚豔的特效，也沒有峰迴路轉的劇情，但演員眞實呈現出的恐懼效果讓觀衆有身歷其境的感覺，彷彿自己也在那片森林裡，被禁地裡的邪惡力量威脅著。

電影裡的恐怖橋段都是簡單又暴力，例如演到一半時帳篷突然被強大的外力拖到懸崖邊，差一點就掉下去出人命。

到河邊取水時，攝影機拍到一隻模糊的手臂伸出水面，下一秒就有演員落水，還好劇組即時把人救上來。

樹林中不時出現的詭異人影跟嚎叫聲更把演員嚇得快要崩潰，電影中出現的所有事情，就像有力量在警告劇組，不要在這裡拍，快點走。

每個演員在鏡頭上都是神經兮兮的樣子，因爲他們完全不知道接下來會發生什麼事，也不知道能不能活著拍完這部電影。

這麼說吧，這部電影眞正恐怖的並不是靈異事件，而是演員本身，他們在被恐懼壓迫的狀態下繼續演戲，每個人的心理層面都快撐不住了，觀衆可以從演員的眼神中感受到他們的絕望，並在心裡爲他們呼喊：「夠了！不要再拍了，他們已經不行了！」

片中甚至有演員打破第四道牆，問導演能不能不要拍了？但換來的只有富堯冷漠的一句：「繼續拍。」

演員當時的表情就像被當衆宣判死刑一樣，面無血色，後悔著不該簽下合約的……

片尾名單播完後，螢幕完全變黑，影廳內的燈光亮了起來，富堯跟其他劇組人員在掌聲中從旁邊走出來謝幕。

深深一鞠躬後，富堯拿起麥克風，開始跟今晚到場的觀衆道謝，我看了一下富堯旁邊的人，並沒有看到演員，我旁邊的觀衆也竊竊私語，首映會這麼重要的場合，演員怎麼沒到場呢？

富堯似乎早就料到這點，他開始解釋道：「各位應該覺得很奇怪，爲什麼演員們沒有來呢？是這樣的，這部電影對他們眞的造成了很多壓力，相信大家在螢幕上也感覺得到，雖然電影已經拍完一段時間了，但他們還是需要一段時間靜養，所以……」

富堯說到一半，他身後本來已經被關掉的螢幕突然又亮了起來。

一幅畫面出現在螢幕上，是剛才電影中出現的陰森樹林。

我跟其他觀衆都以爲這是片尾彩蛋，紛紛發出驚呼後專心觀看。

但站在螢幕前方的富堯卻一副緊張的樣子，他焦急地把電影院的工作人員叫來，好像這並不是他設定好的。

這時，一個人影緩緩從畫面邊緣出現，並走到樹林的正中央。

我的心跳突然停了一拍，因爲我認得那人影，那正是我在會場入口看到的老婦人……

老婦走到畫面中間後，像是慢動作重播似的，她將可怕的棕色長髮從臉前撥開，露出佈滿駭人皺紋的臉龐，雙眼空洞地凝視著鏡頭。

這一瞬間，我幾乎能聽到全場觀眾起雞皮疙瘩的聲音。

「快關掉！沒辦法關掉嗎？」富堯氣急敗壞地對工作人員怒吼著，好像不把螢幕關掉的話，接下來就會發生無法挽救的悲劇。

工作人員則是像無頭蒼蠅般到處亂跑，連他們也不曉得螢幕爲何會突然打開。

螢幕上的老婦又有了其他動作，她伸出左右手，並把掌心打開來，讓觀眾看清楚她手上的東西。

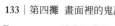

在老婦右手上的，是一把暗紅色的短匕首，左手掌心則是放著某種動物的眼珠子，眼珠上還帶著鮮血，看上去怵目驚心。

突然間，老婦將匕首緊緊握在手中，往左手掌心刺了下去。

匕首尖端刺穿眼珠，連同老婦的左手掌一起貫穿。

全場的觀衆，包括我在內，一起發出了淒厲的慘叫。

我們並非因爲眼前可怕的畫面而慘叫，而是當那顆眼珠被匕首刺穿時，我們的左眼也同時感受到一股劇痛，彷彿那顆眼珠就是我們的左眼球。

螢幕上的老婦似乎很享受我們的慘叫聲，她的嘴角殘酷地上揚，露出陰冷的笑容，最後轉身離開。

隨著老婦轉身走進樹林深處，螢幕也回歸黑暗，恢復成本來的樣子。

「眼睛……我的眼睛……」

我努力睜開左眼，卻發現有東西遮住了左眼的視線，怎麼看也看不清楚，其他人也陷入恐慌，整間影廳頓時變得像戰場一樣混亂。

我拿出手機用自拍模式檢查左眼，很快就找到了視線模糊的原因。

一顆紅色的小圓點出現在我的瞳孔某處，就是它遮住了我的視線。

其他人彼此檢查，發現大家的左眼都有那顆小圓點。

在這片混亂當中，只有富堯站在原地一動也不動，他的眼神充滿絕望，事情已經發展到他無法挽救的地步了。

我看著富堯，心裡嘆了一口氣。

同學，你究竟做了什麼？

******

首映會發生的意外非同小可，還傷害到了數百名觀眾的視力，電影公司決定取消檔期，也禁止這部電影在任何平台播出，要是相同的意外再度發生，他們根本無法承擔後果。

至於那場首映會的觀衆，每個人的左眼都留下了永久的後遺症，那顆紅色的圓點會隨著時間變大，並逐步蠶食左眼的視力。

我們組成互助會尋求醫療協助，但就算是國外的名醫也找不到原因，我們最終的下場只有一個，就是左眼徹底被紅色吞噬、並永遠失去左眼的視力。

事情爲何會變成這樣？恐怕只有富堯知道答案，但首映會結束後，富堯就徹底人間蒸發，沒有人能聯絡到他了，大家都說他是擔心被索賠，所以躲起來了，但我相信富堯不是這樣的人。

幾個禮拜後，我在電子信箱裡收到了富堯寄來的信件。

他把完整的事發經過，以及他最後的去向，全都詳細的附在信件裡，因爲對他來說，我這個老同學是他唯一信得過的人。

電影拍攝的那片森林，不只是當地部落的禁地，更是「誰踏進去就會死」的極惡之地，聽說只有部落裡的一位老巫嫗能夠控制裡面的力量。

爲了能在森林裡順利拍攝，富堯找到了部落裡的老巫嫗，並跟她談成條件，希望老巫嫗能控制禁地裡的力量，除了保護劇組人員的生命安全之外，也讓富堯能拍到眞實的靈異現象。

富堯願意付給老巫嫗一大筆錢作爲報酬，但老巫嫗卻拒絕了，老巫嫗當時用沙啞的聲音跟富堯說：「我要的東西，你到時就知道了……」

富堯不知道老巫嫗究竟想要什麼報酬，直到首映會那天，富堯終於知道了答案。

影廳陷入混亂時，富堯之所以會愣在原地，是因爲他聽到了老巫嫗的聲音。

信件最後，富堯用像是在告別的語氣寫道：

「她要的是我……爲了控制禁地的力量，老巫嫗消耗了許多的生命力，因此需要獻祭一條新的生命來補充，這是她一開始就計畫好的，她完全不要錢，要的只有活生生的生命。」

「她手上有人質，就是你們。要是我不回去找她，你們左眼球的紅點會逐漸擴散到胸口，甚至奪走你們的心跳，所以我必須回去，我相信你能理解的。」

「等你收到信的時候，我應該已經回到山上了，用你的文筆把我講的話寫出來吧，讓大家知道我沒有躲起來，我只是去承擔我該付的責任。」

看到最後一行字時，似乎有什麼液體從我的左眼流出來了。

我以爲我不小心哭出來了，伸手一擦後，才發現那竟然是血。

眼睛流血了？

我急忙站起身來要去照鏡子檢查，沒想到眼前的世界突然變得清晰，左眼的視力恢復了。

來到鏡子前方後，我發現左眼裡的紅點消失了。

短暫的喜悅過後，我馬上察覺到悲傷的事實。

剛才左眼流出來的血，應該就是老巫嫗對我們下的詛咒吧。

看來，富堯已經回到老巫嫗那裡，付給她應有的報酬了……

散場電影

我國中的時候，要抵達離我家最近的電影院，騎腳踏車必須花上一個半小時的時間，就算坐車過去，也要花三十分鐘以上。

雖然路途遙遠，但對愛看電影的我來說，騎一個半小時的腳踏車根本不算什麼。騎過去的路程上，等著看電影的興奮心情讓我完全感受不到雙腿的痠痛。

看完電影後，在踩著踏板回家的路上，我會利用這段時間享受剛才電影帶給我的感動，並在腦中想像著，如果我是主角的話，我會做出怎麼樣的選擇？如果我是導演，又會如何詮釋這部電影呢？

我騎到家的時候，整個人仍會沉浸在電影的氛圍裡，甚至會模仿電影角色跟家人講話。我爸媽並不反對我沉迷電影，甚至很大方地給我看電影的錢，畢竟比起電腦跟電動，電影兒童聽起來高級多了，同時還可以騎腳踏車運動，何樂而不爲呢？

事實上，只要從我家巷口走出來就能看到一間電影院，但那卻是一間無法播放電影的電影院，因爲在我出生之前，那間電影院就因爲發生火災而變成廢墟了。

我爸媽以前經常去那裡看電影，他們說，當時只要一有電影上映，電影院內絕對座無虛席，甚至有許多小孩會翻牆進去、或是站在後門聽電影的聲音來過乾癮，他們可說是最古早的電影兒童，我爸正是其中之一。

我爸跟我媽也是在那間電影院認識的，可以這麼說吧，要是沒有這間電影院的話，我就不會誕生在這個世界上了。

每次我爸帶我從那間電影院門口經過的時候，他總是會提起他曾經在這裡看過哪幾部電影、跟我媽約會時又發生過哪些有趣的事情，讓我對電影院充滿憧憬。當國文老師要我們用「我的志願」寫作文時，我毫不猶豫地寫出「我要在電影院上班」，老師看到時還嚇了一跳。

我曾經好幾次溜進那間電影院玩耍，裡面的構造跟現代的電影院不同，只有一間影廳，從驗票口走進去就到了。

放映電影用的布幕仍掛在上面，但有一半以上的面積都被燒毀了，底下的座位也不是沙發座椅，而是硬梆梆的木椅，許多椅子都有燒焦的痕跡，看得出來當年火災的規模。

我會進去放映室裡面，假裝影廳裡坐滿觀眾，然後煞有其事地操作已經故障的放映機，布幕上播放的則是我腦中構思的最新電影。

等我上了高中之後，智慧型手機開始流行，我跟家人也人手一支，我爸媽都迷上用手機追劇，甚至用「電影在手機上看就好，沒有必要去電影院」爲由，刪減了我每個月看電影的零用錢。

我無法接受這樣的決定，因爲對我來說，在手機螢幕上播放的根本不能算是電影，電影之所以這麼獨特，就是因爲有大螢幕的震撼及電影院本身的氛圍，少了其中之一就不能算是電影了。

但爸媽的心意已決，我只能乖乖接受，本來一個月可以去市區看三到四次的電影，就這樣被減到只剩一次了。

不過我很快想到了一個鬼點子，我們家巷口不就有一間電影院嗎？雖然布幕破了、放映機也故障了，但要是妥善利用的話，應該還是可以在裡面放電影吧？

於是我在學校社團裡招集了幾個跟我一樣熱愛電影的同學，我們一起湊錢買了一座拆卸式的投影幕，以及一台便攜式的投影機，只要連上手機就可以放電影了。我們當時完全沒想到「擅闖他人土地」之類的法律問題，因爲我們對電影的熱愛已經超越一切。

電影首映當晚，我們把投影幕架設在原本的布幕前方，並調整投影幕跟投影機之間的距離，播放的電影則是去年熱賣的好萊塢科幻片。

一切準備就緒後，只差觀眾了，我們各自從班上找了同學來參加這場特殊的電影首映，總人數來到三十人，大家備好零食飲料、坐在原本的木椅上，算是某程度還原了這間電影院以前的榮景。

晚上在廢棄的電影院看電影，有些同學一開始還覺得怕怕的，但等電影開始播放後，每個人都被電影裡絢爛的特效動作吸引，看得如癡如醉。

我選擇坐在投影機旁邊，只要一轉頭，就可以看到其他同學被布幕反光照亮的臉。這就是在電影院工作的感覺吧……觀衆藉著我們的雙手，在影像的世界裡跟主角一起經歷各種冒險，儘管電影的時間只有一兩個小時，但這趟旅程卻會永遠留在他們的記憶裡。

當我沉迷於這種感覺時，突然，我在觀衆席看到了一張陌生的女性臉孔。

我把眼前上演的電影拋到一邊，目不轉睛地盯著她看。

她並不是我們約來的學生，因爲她看起來大概二十多歲，比我們大上許多，身上也沒有穿制服，而是穿著一套復古洋裝，我只在我媽的舊相簿裡看過這種洋裝，用髮簪固定住的髮型也很有年代感。

女子的穿著雖然怪異，但她坐在這間電影院裡卻顯得很自然，彷彿她並不是我們這個時代的人，而是跟這間電影院一起存在於過去的人物。

看電影應該是一件令人開心的事才對，但女子的表情卻是滿滿的哀傷，她是誰？爲什麼她看起來這麼傷心？

女子的眼神本來聚焦在投影幕上，但她似乎注意到了我的視線，因此轉過頭來跟我四目相對。

我被女子突如其來的轉頭嚇到，一時間愣住了，不知道該怎麼辦才好。

女子凝視著我的雙眼，接著緩緩抬起她的左手腕，她似乎想把手腕上掛著的東西給我看。

在投影幕的反光下，我只能勉強看到有個環狀物體掛在她的手腕上。

是手錶嗎？還是手環？

我瞇起眼睛想看清楚女子手腕上的物體，就在這時候，兩道刺眼的燈光突然照進影廳裡，還伴隨著宏亮的大吼：「喂！你們在這裡做什麼？」

大家轉頭一看，發現有兩名警察拿著手電筒站在影廳入口，他們看著我們架起來的投影幕，不可置信地說：「還以爲有人在打架，竟然是你們在這裡放電影呀！」

警察走到布幕前面，說我們這樣已經是私闖土地，叫我們把東西收一收快點回家，不然就要把我們帶回警局。

警察這一鬧場，大家看電影的興致也沒了，一問之下，才知道原來是電影的聲音傳到外面，附近的居民以爲有人在裡面打架鬧事，警察這才趕來。

在我們掃興地把投影幕跟投影機收起來的時候，我看向女子剛才坐的座位，卻發現位置上是空的，女子不知何時消失了。

問過其他同學後，結果他們當時都在專心看電影，沒注意到後面還有坐人。

也就是說，只有我看到那名女子嗎？

幾天後，我從那間電影院門口經過時，發現入口已經被加蓋的鐵門封起來，並貼上「私人土地，禁止進入」的貼條。

看來有人把「高中生跑進去偷放電影」的事情告訴了電影院的所有權人，他們才決定封起來的吧。

我看著封死的鐵門嘆了一口氣，但我知道我對電影的熱愛不會因此被削弱，之後一定還有機會的。

至於那天晚上出現的女子，則成爲我高中時期的一個未解謎團。

高中畢業典禮當天，我回家的時候發現舊電影院竟然被鐵皮圍起來並貼上了施工公告，說會在近日拆除。

我緊張地跑去問我爸是怎麼回事，原來是因爲我家附近的商圈已經蓬勃發展起來，有金主買下了那間電影院，準備改建成全新的電影院。聽到這樣的消息，一方面我是開心的，因爲這樣一來我只要走出巷口就能看電影了，我也可以去應徵工作、達成我在電影院上班的夢想。

但另一方面，舊電影院的拆除也讓我感到心痛，對多數人來說，它只是一塊占空間的廢墟，但對我們家來說，它是個具有特別意義的紀念場所，是它讓我爸跟我媽相遇，也是它滿足了我虛構的電影夢。

還有那天晚上看到的神祕女子，我後來一直有種強烈的感覺，那就是她並不是人類。

如果是這樣，那她爲什麼要留在那裡呢？電影院被拆除後，她還會繼續存在嗎……

＊＊＊＊＊＊

我升上大學二年級時，新電影院完工了。應徵員工的海報一貼出來，我就馬上跑去應徵，仗著從小到大的地緣關係，我很快就錄取了。

但我只是一個乳臭未乾的大學生，不可能擔任放映師這種專業工作，加上我白天還要上課，所以只能上晚班，電影院因此把我分配到打烊班，除了一般的驗票售票、賣爆米花外，我也負責最後一場電影播完後的巡場清潔工作。

新電影院正式營業當天，附近的許多居民都跑來看電影了，其中也有不少長輩，他們應該是想藉此回憶之前的舊電影院吧。

我在爆米花機旁邊忙到不可開交時，我爸跟我媽還牽著手來買爆米花，他們看到我忙碌的樣子，便挖苦我道：「恭喜你終於應徵上夢想的工作了，加油喔！」

「呵呵……」我露出苦笑，然後看著這對老情侶甜蜜地走進電影院。

好不容易忙到最後一批客人進場，我感覺自己的手已經快要打結、全身筋疲力盡了，不過看到觀衆離開電影院時開心的表情，我就覺得一切都值得了。

最後一場電影散場後，我開始進行巡場淸潔的工作。

一走進影廳，我就看到一個觀衆還坐在最前排的位置沒有離場，是坐在那邊玩手機嗎？還是看到睡著了？

「不好意思，我們要淸場囉。」我往最前排的位置走去。

隨著我跟對方的距離越來越近，對方的背影跟服裝也變得越來越淸楚，我忍不住放慢了腳步，因爲那副裝扮我曾經看過，而且就是在這裡看到的……

我走到最前排時，對方也同時站了起來，並轉身面對我。

是曾經出現在舊電影院的那名神祕女子，她的面容、服裝跟髮型，都跟當時一模一樣。

儘管我對女子的身分已經有底了，但我還是問道：「……妳是鬼嗎？」

女子哀傷地望著我，沒有回答。

「舊的電影院已經被拆掉了，妳爲什麼還留在這裡？」我又問。

女子做出跟上次一樣的動作，她將左手腕抬起來，讓我看到上面掛著的東西。

那是一支典雅的女用錶，但錶面上的時間是停止的，時針跟分針各停在七點三十八分的位置。

我疑惑地看著女子，這時間有什麼意義嗎？

我正要開口詢問，另一名同事的聲音突然從身後傳來：「我廁所掃完了，你這邊需要幫忙嗎？」

「啊，不用了！」

我轉頭回應同事，等我把頭轉回來時，那女子的身影又不見了，彷彿她剛剛的出現只爲了傳遞一個訊息，就是手錶上的時間。

七點三十八分，這時間到底代表了什麼？

接下來的幾天，我一樣負責最後的清場工作，而我每次都會看到那名女子。

「妳到底想跟我說什麼？」「那時間是什麼意思？」

不管我怎麼問，女子都沒有開口回答，只是不斷把手錶抬起來給我看，然後消失在座位上。
一連忙碌幾天後，終於迎來我的第一個休班日，我打算徹底利用這一天，查清楚女子究竟想傳達什麼訊息給我。
我聯想到的方向是這樣的，女子跟手錶上的時間，絕對跟舊電影院有關聯，於是我先從舊電影院的資料開始查起。
因爲網路上找不到詳細資料，我只好到圖書館借舊報紙來查，本來以爲會是一場大工程，沒想到線索很快就出現了。
舊電影院火災隔天的報導中提到了所有細節，火災發生時影廳內正在播放電影，雖然工作人員即時疏散觀衆，但仍有一名女性不幸死亡，而火災發生的時間，正是晚上的七點三十八分。
火災時正在播放電影、錶面上停止的時間、還有女子坐在位置上的模樣，就像在等待著什麼般……這些線索逐漸在我腦中串成一個可能性。
我翻出前一天的報紙，找到電影時刻表的那一頁。

那天晚上的七點三十八分，那間電影院正在播放一部古裝愛情片。如果女子等待的是這個，那我或許有方法能幫她，但不能只靠我一個人。

＊＊＊＊＊

隔天，電影散場、巡場跟清潔的工作都完成後，我自願留下來關門。等同事們都下班離開，我站在門口朝對面的巷口揮了一下手，好幾個人馬上朝這邊走來。

「好久不見了。」

我打開大門迎接他們，他們正是那晚跟我一起在舊電影院裡完成人生第一個電影夢的同學們。那天晚上之後，我們把拆卸式投影幕跟投影機寄放在其中一個同學家裡，直到今天才又拿出來用。

我把事情的經過告訴其他人後，他們義無反顧地決定來幫我，我們決定重演那天晚上的畫面，把投影機跟投影幕架在電影的大布幕前方，開始這場特殊的電影放映會。

「開始吧。」我把投影機連上手機，並按下播放鍵。

投影幕上放映的是一部古裝愛情電影，正是舊電影院發生火災時放到一半的那部。

那場火災不只奪走了女子的生命，更讓她的時間停在電影中間，無法再往前進。

要讓她離開這裡，只有讓電影繼續播放下去。

我跟同學們都坐在第一排的座位上，但中間刻意留了一個位置，那是給她的。

電影播放到一半時，坐我旁邊的同學突然用手肘頂了我一下，並朝中間的位置撇了一下頭。

女子就坐在那裡，這一次所有人都看到她了。

女子終於笑了，她臉上露出靦腆的微笑，同時把她的手錶舉起來給我看。

錶上的指針已經恢復正常，開始沿著順時鐘前進。

我知道，等這部電影結束後，我就不會再看到她了。

這將是一部真正的散場電影。

歡迎來到奈絲的直播間

有很多人，特別是單身獨居的人，他們回家後都會先把電視打開，但電視上究竟在演什麼，他們其實沒在看，也不在乎。

他們開電視的目的只是想讓房間充滿聲音，製造房間裡還有其他人的假象，藉此讓寂寞的心靈獲得滿足。

這是因爲寂寞而培養出來的一種習慣，也可以說是一種文明病，而我也是重度患者之一，只是我的症狀比較不一樣。

當我結束工作回到獨居的公寓後，我不會打開電視，而是開啓手機裡的「飄」App，讓直播主的聲音陪我渡過寂寞的長夜。

飄是國內排名第一的直播平台，直播主的節目五花八門，才藝也各不相同，有擅長用溫柔嗓音跟觀眾聊天的談心型主播、有歌喉迷人的演唱型主播、也有肢體動作豐富的舞蹈型主播，其他還有魔術師、算命師等各種不同的直播主。

加入飄的門檻很低，只要有智慧型手機，每個人都可以在飄上開播，等粉絲累積到一定數量後，就可以從素人主播成爲簽約主播，雖然簽約主播每個月都有規定的業績要達成，但從觀眾送的禮物中能抽取的酬勞也越多。

我固定收看的則是一名叫奈絲的繪畫型主播，她平常的工作就是插畫家，許多書籍跟商業文案都能看到她的作品，繪畫功力有目共睹。

不過光看奈絲的外型，實在很難想像她是一名畫家，柔順的長髮、大眼睛、瓜子臉，一百五十八公分的身材雖然不高，但恰到好處的身材比例讓她在螢幕上看起來不輸那些模特兒主播。

奈絲習慣在工作時開播，背景就是她的畫室，可以從她背後看到掛滿整張牆的畫作，視覺感十分驚人。

「大家好，歡迎來到奈絲的直播間。」

開始工作之前，奈絲會先跟觀衆打招呼，然後開始點名叫出每個粉絲的名字，我也是其中之一。

在抒情悅耳的音樂繚繞下，奈絲會一邊畫圖，一邊看粉絲的留言來跟大家聊天。奈絲的記性很好，只要去過她的直播間一次，她就會把對方的暱稱牢牢記住，甚至記得每次聊天的內容，因此她每次開播就像跟老朋友見面一樣。

會來看直播的都是因寂寞而苦的人，我們會互相抒發生活上的不滿，然後彼此安慰跟鼓勵，奈絲的聲音就是我們最大的力量，我們還有一個粉絲專屬群組「奈絲吐米酒」，這是奈絲用「Nice to meet you」的諧音取的。

久而久之，直播間的氣氛就像一個大家庭，彼此間都成爲了家人。

但說到底，直播畢竟只是娛樂，我很淸楚這個道理，因此我每個月只會從薪水中拿一小部分在飄上儲值，並換成禮物送給奈絲，金額雖然不多，但每個月累積起來其實也蠻可觀的。

爲了回饋我們這些每天準時簽到的粉絲，奈絲推出了一個新企畫，那就是可以把自己的照片傳給她，她會在直播上把照片畫成肖像畫，再掛在她背後的牆壁上，對她來說每個粉絲都是珍貴的家人，她想藉此把大家留下來。

我知道自己不是帥哥，所以不好意思把照片傳給她，不過其他粉絲似乎都有把照片給她。

就這樣，每天晚上奈絲完成既定的工作之後，就會開始繪製粉絲的肖像畫，聊天室裡的人也聊得相當開心，討論著這是誰的照片，原來某某某長這樣子之類的話題。

一天晚上，奈絲繪製的照片是個看上去有點憂鬱的男子獨照，男子的眉頭深鎖，好像在苦惱什麼事情，深邃的五官跟鷹勾鼻看上去有點像原住民，不過不可否認的是，這名男子長得眞的很帥。

本來以爲看直播的人應該跟我一樣都是苦悶的宅男，竟然還有這麼帥的？

大家紛紛在聊天室問這是誰的照片，奈絲像是早就料到大家的反應，她說：「眞的很帥對不對？我收到照片的時候也嚇了一跳，他不當直播主眞的太浪費了，要是開播一定會有很多女粉的！」

奈絲接著點出飄平台的訊息欄，說：「我看一下喔……傳這張照片給我的粉絲是『咖啡帷幕』，沒想到你長這麼帥耶！不過你不能騙我喔，如果你本人不是長這樣，我會很難過的。」

聊天室的人都對「咖啡帷幕」這個暱稱有印象，他經常進出奈絲的直播間，但都是掛著沒有發言，現在的觀眾列表中顯示咖啡帷幕也在線上，但他依然沒有說話，只是默默掛網。

既然他不說話，奈絲只好直接開始作畫，奈絲的畫工完美複製了男子照片中的憂鬱神韻及深邃五官，看上去就跟照片一模一樣。

奈絲自己也很滿意這張作品，她把這張畫掛在牆上最顯眼的位置，讓進入直播間的人一眼就能看到這幅作品。

「那我要先下播了，明天晚上一樣會開播，到時再來畫下一位粉絲的照片，大家晚安！」

奈絲揮手跟粉絲道晚安後，螢幕上出現關播的秒數倒數，最後跳出直播結束四個字。

我不想讓房間再被寂靜占領，因此隨手點開另一個直播主的節目來當背景聲，然後去洗澡準備睡覺。

對我來說，這是再普通不過的日常。

但對奈絲來說，她的生活卻即將發生風暴般的變化。

*****

隔天，當奈絲開始直播時，她的繪畫速度跟技術彷彿脫胎換骨，原本要花三小時才能完成的工作，她只花一小時就完成了，而且成品的水準遠高於之前的作品。

透過直播目睹這一幕的我們都嚇傻了，聊天室裡紛紛出現讚嘆的句子。

「太強了吧，奈絲今天畫得好快！」

「不愧是繪畫女神！」

不過很明顯的，奈絲也被自己的表現嚇到了，她不敢相信地看著剛完成的作品，這眞的是自己在短時間內完成的畫作嗎？

「謝謝大家，可能是今天狀況特別好吧……」奈絲有點不好意思地對著鏡頭說。

但事實證明不只那一天，接下來的一個禮拜，奈絲的繪畫狀態都表現在水準之上，她可以在描繪複雜圖形的同時跟粉絲流暢聊天、甚至閉起眼睛唱歌，她的雙手像是擁有自己的生命，能夠隨心所欲的作畫。

畫技的爆發讓奈絲的工作委託變多了，收看她直播的觀衆也增加不少，讓她躍身成爲每小時排行榜的常客。

看到喜歡的主播在平台上有好成績，身爲粉絲應該要爲她感到開心，但我卻隱約有不祥的預感……

讓我有這種感覺的，正是奈絲牆上那幅「咖啡帷幕」的肖像畫。

時間推算起來，奈絲的畫技就是在完成那幅畫後爆炸性成長的，如果只是這樣的話就算了，但我還在那幅畫上看到了不該發生的現象。

有時奈絲去上廁所時，畫上的男子眼神會跟著游移，他的嘴角甚至會偷偷上揚，露出不懷好意的奸險竊笑。

奈絲跟其他觀眾都沒有發現畫像的怪異之處，我也沒有在聊天室裡說出來，因爲我知道只有我看得到。

雖然沒有到陰陽眼那麼厲害，不過從我小時候開始，我的眼睛就能窺見另一個世界的事物，儘管這種能力隨著我的年紀變大而逐漸消失，但我現在偶爾還是能看到一些不正常的現象。

那張肖像畫掛在奈絲的牆上越久，畫裡的男人形象也開始變得立體，彷彿他不再是一幅畫，而是眞的站在那裡的一個人，他在畫中的眼神越來越尖銳，彷彿他隨時能突破紙張的束縛來到現實世界……

我第一個想到有問題的就是咖啡帷幕傳給奈絲的照片，那眞的是他的照片嗎？

咖啡帷幕在這段時間一樣有來收看奈絲的直播，但一樣是掛在網上沒有說話，我試著傳訊息給他，問那張照片眞的是他本人嗎？但他一直沒有回覆我。

點進咖啡帷慕的資料一看，所有資料、包含性別都被設定成隱藏，這在飄平台上是很少見的，因爲每個用戶都會盡可能豐富自己的資料，這樣才能讓直播主認識自己。

這個叫咖啡帷慕的人，究竟在隱藏什麼？

雖然那張畫現在還沒傷害到奈絲，但我怕那只是遲早的事情，而我手上目前有的線索就只有咖啡帷慕這個暱稱。

我猜對方本來想把暱稱取爲「咖啡帷幕」，但不知道是打錯字還是故意的，最後一個字變成了慕。

如果沒有打錯字的話，那麼咖啡帷慕就是他專屬的暱稱，或許他曾經用這個暱稱在其他網站註冊過也不一定。

在網路上找了幾個小時後，我終於在一個繪圖委託網站上找到另一個將暱稱取爲咖啡帷慕的帳號。

那網站跟飄平台不同，爲了讓委託者跟繪師之間方便聯絡，網站規定個人頁面一定要附上電子信箱。

查了一下登入時間，咖啡帷幕上次在這網站登入是三年前，搞不好連他自己也忘記這個帳號的存在了，不過沒關係，因爲他的信箱還留在個人頁面上。

將咖啡帷幕的信箱輸入搜尋引擎後，隱藏在這個帳號背後的神祕人也隨之現形。

我本來以爲不會這麼快就有結果，沒想到搜尋到的第一個頁面就告訴了我眞相。

點進第一個連結後，我來到了飄平台的主播個人頁面，那個電子信箱就出現在主播的聯絡資訊上。

短暫的震驚過後，我很快接受了眼前的答案，因爲只要思考一下就知道這並不意外。

螢幕上的個人頁面屬於一個叫沐沐的女主播，她跟奈絲一樣都是繪畫型的主播，不過她比奈絲資深，可以說繪畫主播的風潮就是由沐沐帶出來的，然而現在越來越多新主播加入，沐沐的直播已經失去競爭力，我也很久沒看到她出現在小時榜上了。

證據擺在眼前，咖啡帷幕就是沐沐的分身帳號，她跟奈絲應該是競爭的敵對關係才對，爲什麼她要假冒粉絲把那張照片寄給奈絲？她有什麼目的？

更讓我擔心的是，照片中的那名男子又是誰？

*****

當天晚上，我守在手機前等奈絲開始直播，心想無論如何都要把這件事警告給她知道才行。

但表定的時間到了之後，奈絲的直播卻遲遲沒有開始，這是之前從未發生過的，奈絲一向都很準時，這也是粉絲喜歡她的原因之一。

乾等了二十分鐘後，粉絲們也按耐不住，開始在奈絲吐米酒的群組上討論起來，大家紛紛猜測奈絲是不是臨時有事而無法開播？也有人傳訊息給奈絲，但她一直沒有回覆，群組的氣氛越來越沉重，甚至有人提議要報警。

我直接想到了沐沐，唯一可能知道奈絲發生什麼事的人就只有她了。

點開繪畫主播的列表，我看到沐沐正在開播，進入她的直播間後，我也不管她跟粉絲聊得多開心，直接霹靂啪啦在聊天室裡輸入一大堆問句來質問她。

「我知道咖啡帷幕是妳的假帳號，妳到底想幹嘛？」

「妳寄給奈絲那張照片到底想做什麼？」

「如果奈絲出事，我絕對不會放過妳！」

一連串辛辣的用語引起了沐沐粉絲的反彈，他們異口同聲地叫我滾出去，甚至叫沐沐把我禁言。

但沐沐在鏡頭前露出的表情已經說明了一切，我到底在說什麼，她心知肚明。

「那個，大家不好意思……我臨時有事情，可能要提早下播了，大家掰掰。」

在所有粉絲的錯愕留言中，沐沐伸手關掉了直播。

「王八蛋！」我忍住揮拳把手機揍飛的衝動，沒想到她會關播來逃避問題。

我正想搥牆壁出氣的時候，飄平台突然跳出通知，有人傳了訊息給我。

拿起手機一看，訊息是沐沐傳來的，她問：「你怎麼知道是我？」

我馬上回傳訊息：「妳不要管我怎麼發現的，重點是奈絲今天晚上沒有準時開播，除非眞的發生意外，不然她不會放粉絲鴿子的，妳一直在觀察她的直播間，這點妳很清楚吧？」

訊息發送出去後，沐沐沉默沒有回覆，我又輸入道：「我知道妳傳給奈絲的並不是普通的照片，告訴我那到底是誰的照片，不然我就把這一切都公布出去。」

幾分鐘後，沐沐終於有了回覆：「我以爲那不可能是眞的，我只想惡作劇。」

「什麼惡作劇？跟我解釋清楚。」

接著，沐沐花了一段時間才把以下的內容都輸入完成。

「那張照片是我在國外網站找到的，是泰國一位畫家在自殺前拍的最後一張照片……據說只要把他的照片畫出來，他的靈魂就會現身幫忙，讓繪畫者的技術突飛猛進，聽起來是一種祝福，但其實是一個詛咒，因爲代價就是繪畫者的生命。我本來是不信的，才會把它當成惡作劇寄給奈絲，當我看到她的畫技進步的時候，我也嚇到了，原來那個詛咒是眞的，但我眞的不知道怎麼辦才好……」

「還能怎麼辦？想辦法救奈絲啊！」我馬上輸入訊息：「妳們都是主播，應該有私底下的聯絡方式吧？」

「其實我知道她家在哪裡，她第一次上小時榜的時候，我們繪畫主播有去她家辦過聚餐。」

「那妳還在等什麼？快過去她家看她怎麼了，以防萬一，把警察跟救護車都叫過去！我把手機號碼給妳，到了之後再跟我回報狀況。」

救人如救火，我的急迫情緒完全從文字中顯示出來，沐沐的心早已亂成一團，除了照我說的話做之外，她也沒有其他選擇了。

我跟奈絲一個在北一個在南，就算我現在趕過去也來不及，一切只能寄託在沐沐身上了。

在家裡握拳乾等了半小時後，我終於接到了沐沐的電話。

我接起電話就問：「奈絲還好嗎？」

「不行……沒辦法……」沐沐那邊的聲音很吵雜，似乎有好幾個人擠在狹窄的空間裡同時講話。

「我帶警察到奈絲家門口了……管理員說奈絲沒有出門，但是怎麼按電鈴都沒有回應，警察又說沒有證據不能隨便破門進去，我現在不知道該怎麼辦……」

突然，手機發出的ＡＰＰ通知聲蓋過了沐沐的聲音。

我愣住了，因爲我認得這個聲音，是奈絲開播的通知聲。

在維持通話的情況下，我打開了飄，並點進奈絲的直播。

畫面上沒看到奈絲，只有那面掛滿畫作的牆壁。

等了幾秒後，奈絲才從旁邊走出來，她面無表情，眼皮完全不眨一下地對鏡頭說：

「大家好，歡迎來到奈絲的直播間。」

粉絲們逐漸湧入直播間，大家都在問奈絲怎麼這麼晚才開播。

奈絲沒有回答，像是刻意展示一般，她在鏡頭前緩緩張開自己的左手掌，張到最大後再攤平放到桌面上，她的右手則握著畫筆，但不是平常作畫的握法，而是像握住長矛那樣把筆握在拳頭裡。

等聊天室裡的粉絲發現不對勁的時候，悲劇已經開始了。

奈絲將右手的畫筆用力刺向桌面上的左手掌，一下、兩下、三下……鮮血濺在鏡頭上、飛到奈絲面無表情的臉上，整個直播間只聽得到畫筆從手掌的骨頭跟肌肉間穿刺而過的聲音。

聊天室的粉絲們不再打字，因爲他們全看傻了。

而我看到的卻是另一種畫面，畫裡的男人已完全來到現實，他就站在奈絲旁邊，像傀儡師那樣操控她的右手，不斷將畫筆抬起、刺下。

等我回過神來時，我直接朝手機大喊：「沐沐！給警察看奈絲的直播，快一點！」

終於，我從奈絲那邊聽到了有人在撞門的聲音。

最後傳來一聲震撼的撞擊聲，那是警察正式破門而入的聲音。兩名員警出現在奈絲身邊，他們奪走她手上的畫筆，並把奈絲抱到旁邊，其中一名員警朝鏡頭瞄了一眼，喊道：「小姐，可以請妳幫忙把直播關掉嗎？」

「好……」

沐沐出現在畫面上，她一臉驚恐地看著滿是鮮血的桌面，接著轉頭看向那張男子的肖像畫。

「對不起……」沐沐哽咽著把那張畫從牆上撕下來，用力揉成一團、再撕成碎片。

當她轉過頭來面對鏡頭時，臉上已經流滿淚水。

「對不起，對不起……」直播畫面在沐沐的喃喃自語中被關閉。

看著螢幕上的直播結束四個字，我總算鬆了一口氣。

＊＊＊＊＊

奈絲在休養兩個月後重新開播，還好傷到的不是作畫的右手，她依然可以畫畫，只是速度沒以前那麼快了，但這並不影響到我們對她的支持。

那段畫技突飛猛進的時間對她來說就像作夢一樣，而她已經準備好回到現實了。

至於那天晚上發生的事，奈絲完全不記得自己爲何會自殘，不過她記得是沐沐趕來救了她。

我跟沐沐談好條件，她必須親自去跟奈絲道歉並說明一切，這樣我就不會把眞相公布出來，至於奈絲會不會原諒她，這就是她們兩人之間的事了。

不過奈絲看完那段直播的錄影後，她就決定原諒沐沐了，沐沐最後流下的眼淚證明她仍有善良的一面。

每個看直播的人都有最愛的直播主，經歷兩個月的空窗期後，我們終於又能聽到那句撫慰人心的熟悉問候語。

「大家好，歡迎來到奈絲的直播間。」

第五攤

岔路口的鬼話

另一個她

在路上逛街的時候，我偶然看到了大學同學A從對面走來，因爲有好幾年沒見過面了，所以我就開心地跟她打招呼。

「喂！妳怎麼在這裡？」

但是同學A像是完全聽不到、也看不到我似的，完全不理會我，我又喊了好幾聲她的名字，但她完全沒有看我一眼，就這樣冷冷地跟我擦身而過。

「這什麼意思呀？」我有點生氣，雖然大學時期跟A並不是很要好的朋友，至少維持著普通朋友的交情，在社群軟體上也會互相交流、在彼此的動態下方留言等等的，而她竟然對我視若無睹？是把我當空氣嗎？

被人無視的憤怒情緒即將湧上心頭的時候，我突然發現A剛才的樣子似乎不太對勁，有種很強烈的突兀感，而且我曾經從別人那裡聽說A已經搬到南部了，怎麼會出現在這裡呢？

我打開社群軟體去看A的動態，果然，她昨天剛發過一張跟家人一起聚餐的動態照片，照片中的A是俏麗的短髮，因爲有運動習慣的關係，照片中的氣色很健康，眼神充滿活力。

但是剛剛跟我擦身而過的那個A卻是長髮、綁著一頭馬尾，臉色皮膚有點灰暗，眼神中滿滿的負能量，一副無精打采的樣子，但我很肯定剛才那個人就是A，絕對不會錯的。

我直接在路邊停下腳步，打電話給A告訴她這件事。

結果A苦笑著跟我說：「你看到的那個我，是不是穿著灰麻色上衣，還有牛仔褲？」

「好像是耶……妳怎麼知道？」

「妳記得我兩年前有一次出車禍，最後差點沒命嗎？」

「啊，我記得啊。」雖然我沒有去探病，但A在康復出院後有透過動態跟大家報平安，所以我有印象。

「我出車禍的時候，身上穿的就是那套衣服，你剛剛看到的是早就死掉的那個我。」

A說，她當年出車禍被送到醫院的路上，曾經出現到院前心跳停止的狀況，也就是說她等於在車上暫時死亡了一段時間。

「出院之後，就常常有許多人跟你一樣，說在路上看到我，可是我都不理他們怎樣的，但是我根本就沒有去那些地方呀……」A無奈地說著。

「這一切就好像有另一個我在外面遊蕩，感覺眞的很不好，之後我整理了大家目擊到另一個我的地點，結果我發現那些地點竟然全都分布在兩年前我曾經心跳停止的那條路線上，就是救護車送我去醫院的那條路線。」

A相信大家目擊到的另一個她，就是在救護車上死去的那個她。

「雖然『我』最後還是活過來了，但是在我失去心跳的時候，還是有一部分的我死掉了，這是不變的事實。」A說：「我想，那部分死掉的我，就變成了大家所看到的那個『她』，她應該是在我曾經死掉的那條路上尋找著某件事物吧？」

我問：「那她是在找什麼啊？」

「答案不是很明顯嗎？就是在找我呀。」A肯定地說：「這一部分的我活過來了，但是她卻死掉了、沒地方可以去。如果死掉的那部分換成是我的話，我一定很不甘心，會想辦法找到活著的那一部分，把屬於自己的部分搶回來。」

「咦，這種說法……」我本來想問「妳從哪聽說的」，但是A又繼續開口說話了。

「在出院之後，我的生活改變了很多，變得喜歡運動，也很珍惜現在身邊擁有的一切，我很感謝是這部分的我活下來了。」A說：「但是死掉那一部分的我卻完全不是這樣子，大家看到她的時候，都說她很沒精神、不是讓人很想靠近、全身都帶著怨恨。」

確實如此，我剛剛跟另一個她擦身而過的時候，她全身的確充滿著負能量。

A繼續說：「如果我真的被她找到了，也不曉得會發生什麼事情，所以我才會搬到南部。」

「所以妳是因爲這樣才搬家的呀？」

「是啊，我已經決定不再回去中部了，你知道嗎？我還曾經想過最糟糕的可能性呢。」A嘆了長長一口氣，最後說道：「死去的那個我，現在應該非常痛恨活下來的我吧，我拋棄了她，在別的地方活得好好的……要是被她找到，或許會被她殺掉也不一定。」

A說到「殺掉」兩個字的時候，我的肩膀上突然傳來一股涼意，好像有什麼東西被放在上面。

我微微轉過頭一看，差點沒被嚇昏。

另一個A就站在我背後，她將整個頭部朝我的臉靠過來，下巴幾乎要抵在我的肩膀上，兩眼歪斜到很詭異的地步，用怨恨的眼神瞪著我。

我摒住呼吸，不敢再吐出一口氣。

她是什麼時候在這裡的？她發現我正在跟活著的A講電話嗎？

電話那端的A後來又說了什麼，我沒有聽到，因爲我馬上掛斷電話，快速往前走，從反方向離開了。

等走出約一百公尺後，我偷偷轉動脖子往後一看，死去的A仍然站在那裡瞪著我。

看來A的想法是對的，死去的那個她，果然憎恨著活著的那個她……

到故事寄出的今天，A現在仍活得很精彩，我跟幾位同學前陣子才剛參加完她的婚禮。

當然，在婚禮上，我們沒人提起「另一個A」的存在。

已經死去的部分就不該再被提起，大家都是這麼想的吧。

自殺請往東邊走

實在不知道該如何解釋我決定自殺的理由。

我有一份月收入十多萬的工作，房子很早以前就存錢買了，這幾年透過多元理財也累積了不少資產，金錢這方面雖然比不上那些富翁，至少在退休前不需要爲錢煩惱。

眞正的問題，我想還是孤獨吧。

我四十五歲，跟妻子結婚十九年了，有兩個孩子，分別是十六歲的女兒跟十三歲的兒子。

照理說，我的家庭生活應該是很幸福的，但是家人對我來說卻跟陌生人一樣。

妻子很少跟我說話，只在我有帳單沒繳的時候會出聲提醒我。兩個孩子也一樣，他們回家後根本不跟我說話，因爲他們回家的時間已經是晚上十點多了。是他們之前就對我這麼冷淡，還是去補習班後才變這樣的？我想不起來了，一切好像就是自然而然的，家裡的人就突然變成陌生人了。

回想起來，孩子們剛上國中的時候，好像就開始有這種狀況了。

他們不會拿課本來問我問題，因爲現在學校裡教的東西我已經看不懂了。當我打開周星馳的電影叫孩子們一起過來看的時候，他們只是坐在我旁邊，眼睛卻看著手上的手機螢幕。

「你們看，這個人等一下跟唐伯虎對對聯會對到吐血，很好笑喔。」

我這麼說的時候，孩子們只是「喔」了一聲，眼睛仍盯著手機。我突然想起來，以前父親叫我陪他看戲的時候，我應該也是這樣子吧，因爲陪父親看過的戲，我一部都想不起來了……

妻子也是這樣，我已經想不起來全家上次一起吃飯是什麼時候了，妻子跟孩子的手機裡都裝了綁定我信用卡帳號的外送APP，孩子補完習或妻子加班回到家後，他們會各自叫外送來吃，也不會問我要不要一起吃，原本是想讓他們方便才這樣做，但這樣卻讓我們更像陌生人。

表面上是家庭，但我卻是孤獨的，而且是只有我一個人而已，妻子還有閨密跟同事可以陪她；孩子們在學校也有一堆好朋友，但我的人際關係卻完全斷線。

過了四十歲，以前的朋友們各自成家後就失去聯絡了，加上我的工作是必須一個人緊盯電腦的專業工作，跟同事間根本沒有互動，這種生活累積多年以來，我的社交能力已經完全降爲零了。

斷訊的朋友、毫無交流的同事、還有如陌生人般的家人……因爲這些元素的集合，讓我在某天出現了「乾脆離開這裡」的想法。

我一開始只想到「離開」，而不是「自殺」，我想離開公司、離開家裡，到一個全新的，沒有任何人能打擾我的地方，我想在那裡好好一個人休息，什麼都不做，不用上班，不用顧及家庭，就是休息而已……就算那個地方是在另一個世界，我也想去。

我後來才意識到，其實這種想法已經跟自殺無異了。

******

那天早上，在妻子跟孩子都還沒起床之前，我就先出門了。

我穿上輕便的運動服，身上帶了一些錢以備不時之需，至於手機、皮夾、證件這些可以證明我身分的東西全被我留在家裡了，另一個世界用不到這些東西。

我沒有開車，而是徒步走到火車站，再坐火車前往目的地，那是我從網路上打聽到的地點，一個適合離開這個世界的祕境地點，一座位於山中的吊橋。

網路上的貼文沒有指出吊橋的正確位置，只有「抵達山腰後在路邊能找到一家雜貨店，老闆人很好會幫忙指路」這樣的提示，以及「如果有人從橋上跳下去，應該永遠不會被人發現」的評價，這評價正是我選擇那座吊橋的原因。

跳下去之後，妻子跟孩子會試著尋找我嗎？還是一樣過著自己的生活呢？搞不好等妻子發現帳單都沒繳之後，她才會發現我不見了吧……

來到目的地的車站後，我沿著山路走上山，果然在山腰處找到了那間雜貨店，一名年約五十多歲的光頭大哥正在門口搬飲料，他應該就是老闆了。

一路走上山的我又熱又渴，一坐下來就跟老闆買了幾瓶冷飲喝，等體溫稍微降下來之後，我才問老闆：「請問這附近是不是有一座風景優美的吊橋？你知道怎麼走嗎？」

「喔，你要去那裡啊！」

老闆馬上幫我指路，要抵達那座吊橋，走柏油路是到不了的，必須從樹林裡走小徑才能到。

老闆幫我簡單畫了個地圖，我接過地圖跟老闆道謝，準備出發上路。

就在我前腳剛踏出雜貨店的時候，老闆突然「喂」一聲喊住了我，我轉過頭，問老闆是不是還有事情要提醒我。

老闆從頭到尾把我打量過一遍，然後說道：「如果你在那座橋上打算跳下去的話，我建議你最好往東邊走。」

「東邊？」我問。

老闆向我揮了一下手，然後轉身走回店裡，像是在說：「我只能說這些了。」

＊＊＊＊＊＊

照著老闆指的路線，我脫離大馬路進入樹林，果然有一條小徑藏在其中。

沿著小徑繼續走，很快就看到了那座吊橋。

那是一座蓋在山谷之上的木造吊橋，我在吊橋踏出第一步後，橋身發出了不太可靠的聲響，感覺地板隨時會破裂，不過接下來的第二、第三步就沒有再發出聲音了，看來這座吊橋老歸老，但還是老當益壯。

我沒帶手機，只能用太陽辨別方向，我走上橋的這端是西邊，而老闆剛剛是建議我往東邊走……不過我現在還不打算跳下去，至少在橋上把美景徹底看完再說，作爲自己的葬身之地，這是基本的尊重。

我走到橋的中間點，對著橋底下眺望。

橋下是一片由森林所組成的綠色深淵，感覺一跳下去就會被整片綠色所吞噬，屍骨無存。從這裡跳下去的話，就永遠不會被找到了吧……

只要跳下去，就不用再害怕隨時會響起的LINE群組，不用再怕妻子打來催繳帳單的電話，不用再拒絕學校老師打來的一通通關心電話了……

不知道在這下面，已經躺了多少具自殺的屍體了？沒差，反正我很快就要加入他們了。

在出發之前，呼吸最後一口新鮮的空氣吧。

我閉上眼睛，深呼吸一口氣，準備翻過橋的圍欄。

「喂，怎麼還不跳下去？」

我睜開眼睛，剛剛是有人在說話嗎？

我轉過頭往左邊看去，那邊是我過來的方向，也就是西邊的橋口。一名年輕男性站在橋口處，他將雙手抱在胸口，站著一個歪歪斜斜的三七步，臉上擺出戲謔的笑容，朝我丟出一句又一句的惡毒話語。

「阿北，你什麼時候要跳？我在旁邊期待很久了耶。」

「你也是因爲欠錢所以要自殺的嗎？啊，不，你落魄的樣子感覺不只有欠錢而已，你一定也被家人排擠，對吧？」

「只要一靠近孩子，他們就會嫌你又臭又窮，要你不要碰他們，你的樣子很像這種父親呢，哈哈哈。」

「要錢沒錢，要長相沒長相，年紀又這麼大了，簡直是三重死刑啊！快跳下去吧你！」

男子從橋口不斷出言罵我、數落我的失敗，叫我快點跳下去。

他誰啊？男子的服裝不像來登山的人，反而像在逛街的大學生，他是偶然散步到這裡來的嗎？但我剛剛走來的時候沒看到其他人啊。

「隨便你怎麼說啦，反正無所謂，我就要去死了。」我很想這樣朝他大吼，但我沒有那個心情。

男子的毒言毒語還是對我產生了影響，但那並不是生氣的感覺，而是一種很空虛傷心……彷彿看破一切的失落。

我從離開圍欄邊，往橋的另一邊走，往東邊走去。

「喂，阿北，你不想死了嗎？」男子繼續喊著：「你是不是不敢死啦？我在這裡期待了這麼久，結果你現在要落跑啦？果然不能期待你任何事啊！」

男子的言語又一次對我造成傷害，我差點就賭氣給他直接翻身跳下去了，但是等一下，現在還不是時候。

我這輩子被很多人罵過、瞧不起過，什麼惡毒的話我都聽過，搞不好妻子平常在心裡也是這樣罵我的，不只如此，她搞不好還會跟閨密一起嘲笑我。

我希望在我死的時候，身邊不要有這樣的人，至少要離他遠一點，走到東邊的橋口去，到那裡後再跳下去……

「咦？」

我停下腳步，因爲東邊的橋口也站著一個人。

那是個穿著學校運動服的少女，我不知道那是哪間學校的制服，但從少女清秀的臉孔來判斷，她大概是高中一、二年級的學生。

這個時間應該要在學校上課的少女，爲什麼會出現在這裡？

我愣在原地不再前進，那少女卻開始朝我走來。

我頓時一陣慌張，她要幹嘛？她要來我這裡幹嘛？

在走到距離我還有兩公尺的時候，少女停了下來，整個人往旁邊輕盈一跳，身體靠到圍欄上面，然後抬起右腳跨過去，再一個俐落的翻身將全身都翻過去。

我幾乎要尖叫出來，但少女並沒有摔下橋，她只是翻到了橋的外側，靠著雙手跟腳底固定在圍欄邊上。

她現在的姿勢只要放開雙手，整個人就會往後摔入山谷。

「喂！妳在做什麼？」我出聲阻止她：「妳這樣很危險啊！別這樣！」

「危險？」少女轉過頭看向我，問我：「我只是想要自殺而已啊。」

「所以我才說很危險啊，妳快點翻回來！」

「大叔，你來這裡不是也打算要自殺嗎？爲什麼要阻止我呢？」

「唉！我跟妳不能混爲一談，這不一樣啊！」

「哪裡不一樣了？」女孩的語氣跟眼神之天真，好像她眞的不知道問題出在哪裡。

「反正我跟妳是不一樣的，妳還不到該死的時候，快點回來橋上就對了。」

「所以，大叔，我跟你之間有哪裡不一樣嗎？」女孩說：「我值得活下去，你就不值得嗎？」

我突然不知道該怎麼回答。

「我是個沒用的人，已經沒救了，但妳還這麼年輕，還有機會的。」

我應該這麼回答嗎？

但我完全不認識這位少女，我不知道她背後的故事，我怎麼能做出評斷呢？

但是、但是，就算這樣……

我知道自己很沒用，爛透了，當決定要自殺的時候，我就已經放棄身為人類的尊嚴，就算世界末日都無所謂了。

但是現在，要是我眼睜睜看著這位少女跳下去的話，那我就會變成一個罪人，一個徹底沒救、糟糕到連了結自己生命的資格都沒有的罪人，甚至連地獄都不會收我。少女看著我掙扎的表情，她淡淡一笑，忽然間放開了雙手。她整個人往後仰倒，即將摔入山谷。

「啊！」我往前衝。

我不知道我是怎麼做到的，但當我耗盡所有肺活量、重新吸進一口氣的時候，我已經衝到牆邊，抓住了少女的右手。

少女全身的重量扯住我的手臂，對從來沒去過健身房、完全沒有運動習慣的我來說，這很痛，手幾乎要斷了。

「喂……千萬別放開手啊……」我忍耐著手臂被拉扯的疼痛，用最後一點力氣緊緊拉住她的手。

我的臉孔因爲疼痛而扭曲成一團，連眼鏡都快掉了。

少女的手從我的手心逐漸往下滑，我再也抓不住她了。

少女抬起頭，她眨著那雙純粹的大眼睛，明明是攸關生死的關頭，她卻露出溫暖的笑容。

「大叔，你明明還可以的嘛。」

少女的手從我手中完全滑落，她輕盈的身體在空中飄著，朝山谷中下墜。

綠色的深淵很快包圍住她，底下的森林眼看著就要吞噬掉少女。但少女的身體在我眼前發生了意想不到的變化。她沒有被吞噬，而是彷彿被同化般，融入整片綠色的山谷中，整個人消失在空中，不見一點蹤跡。

我喘著氣，靠在圍欄上慢慢坐了下來。

已經產生撕裂傷的肩膀痛到不行，我的右手幾乎抬不起來了。

但這股疼痛反而讓我徹底體悟到，我現在還活著。

西邊橋口那個尖酸刻薄的年輕男子，不知道什麼時候不見了。

*****

我循著原路回到那間雜貨店。

還好身上還有錢，可以在這裡買罐飲料、吃個晚餐後再坐火車回去。

老闆一看到我狼狽的模樣，馬上說：「你在東邊看到她了吧？」

我知道老闆指的是那名少女，便問老闆關於少女的事。

老闆從冰箱裡拿出冰涼的啤酒丟給我，他說這是請我的，我一口喝完半罐後，老闆才說：「我曾經也想在上面自殺過，所以知道你剛剛經歷過什麼。那個男的，還有那個女孩子，他們各自占據橋的東西邊，西邊的年輕人會不擇手段慫恿人自殺，東邊那女孩卻會幫助人們繼續活下去，我也被她救過一次呢。」

老闆咕嘟嘟灌著啤酒，啤酒的氣泡在他唇邊疊成一塊，看起來就像幫孩子說故事的聖誕老公公。

「我也不知道他們兩個的來歷，不過以各自代表的意義來說，他們兩個應該是死對頭吧。」

老闆說完後站了起來，說要煮鍋燒麵請我吃，就走到店裡去忙了。

太陽快下山了，西邊出現美麗的夕陽。

我看著自己的手，握住少女手掌時的感覺仍殘留在上面。

是啊，我明明還可以的嘛。

只要這麼想，感覺就有力氣活著了。

對到眼

我是坐公車通勤上學的，上學的路上會經過一個大型停車場，那似乎是客運公司的專用停車場，因爲裡面總是停滿了公車跟遊覽車。

停車場裡停有一台舊型號的公車，看起來已經廢棄很久了，每次我看到那台公車時，都會看到上面坐了好幾個人。

當然我知道那些並不是眞正的人，因爲我從小就能看到另一個世界的東西，但通常只有看到模糊的、灰色的形體。

但那台公車上的人除了一樣是灰色的之外，他們的模樣在我眼中卻是非常淸楚的，每個人都面無表情地坐在位置上，直視前方，好像在等公車發車。

不過他們坐的那台公車應該永遠不會再動了……不知道那台車之前是不是發生過某

種事故，而坐在車上的人就是當時的罹難者呢？

每次經過這個停車場時，我都會瞄一下那台車的情況，車子還在嗎？那些人還在車上嗎？這變成了我日常生活中的觀察樂趣。

不過我沒想到這樣的樂趣竟然會害到我自己。

某一天，我照例去看那台車的狀況時，原本面無表情直視前方的乘客中，竟然有一個人轉過頭來，跟我對上了眼。

那是一個臉色陰沉的中年男子，在我們的眼神互相對到時，他似乎輕輕笑了一下。

他的笑容在我眼前出現不到一秒，因爲我坐的公車很快就從停車場前駛過。

但是我已經感受到他的笑容所傳達的訊息，那是一種不懷好意、像是在說「被你看到了是嗎」的危險訊息。

隔天再經過那個停車場時，我看到那個男子已經離開了廢棄的公車，他站在公車旁邊，臉上仍掛著那個笑容。

再過一天，男子的位置又有所改變，他正在慢慢遠離那台廢棄公車。

接下來的每一天，每一次我坐的公車經過那個停車場時，男子站的位置就離廢棄公車越來越遠，離道路越來越近。

一開始幾天，男子站的位置還維持在停車場內，但他漸漸朝停車場的出口靠近。

我慢慢察覺到一個事實，那就是男子的目標可能就是我坐的這台公車。

接著，男子的位置來到了人行道上。

後來，男子已經站到了馬路上。

他每靠近一步，我就能更看清楚他臉上的笑容。

快了、快了……越來越近了，再過一天，我就能找到你了。

男子臉上那迫不及待的笑容彷彿這麼說著。

終於，男子站的位置終於離我坐的公車只剩最後一步的距離。

我記得很清楚，那天男子的身影直接出現在車門前方。

再一天，他就會來到車上了。

到時會發生什麼事情？未知的恐懼迫使我做出了決定。

車。

隔天，我沒有坐那班公車上學，而是坐了另一班必須多花半小時才能到學校的公車。

到學校後，我發現以往坐同一台車的同學都還沒到校，這讓我很擔心。

我是不是應該要警告其他人才對，要他們不要搭那班車……

還好，那些同學們陸續來到教室，我心裡一顆大石才放下。

聽他們說，公車在快到學校的時候，車子因爲零件故障而莫名加速，還好司機即時擦撞安全島來減速，車上才沒人受傷。

「你們最好不要再坐那班車了……」

爲了彌補心裡的愧疚，我還是警告了其他人，我之後也都坐另一班的公車去上學了。

除了那名陰沉的男子，那台廢棄的公車上還有其他東西。

要是繼續坐那班車，或許下個跟我對到眼的會是更恐怖的東西也不一定……

別回家

我跟女朋友同住之後，發現她有一個非常奇怪的習慣，不管是下班或出去逛街，她都會故意繞一段遠路後才回家。

譬如說，她的下班時間是下午六點，公司跟家裡的路程只有十分鐘，照理說她六點十分就可以到家了，但她都會跑去別的地方繞圈亂走，變成多花半個小時才能到家。

我曾經問過女友原因，她拖了很久才告訴我眞相，是跟她的敏感體質有關係。

「我從小就很容易被不好的東西跟著，因爲我阿嬤看得到，所以我每次帶不好的東西回家的時候，阿嬤都會帶我去廟裡幫我趕走。」女友非常認眞地跟我說：「可是阿嬤去世之後，我就不知道該如何趕走那些東西了，但阿嬤有交待過我，回家之前一定要在外面待久一點，那些東西會覺得這樣走來走去很無聊，自己就會離開了。」

看著女友正經八百的表情，我實在忍不住吐槽，眞的會有這種事情嗎？

我問：「那妳怎麼知道那些不好的東西還有沒有跟在妳後面？」

「雖然我不像阿嬤那樣用眼睛就能看到，但還是能感覺得到，特別是剛下班的時候，我就可以感覺到背後很多股視線，還有很密集的那種擁擠感，好像有人在我身後排隊一樣，我在外面繞得越久，這種感覺就會慢慢消失，代表他們全都離開了。」

雖然女友的說法很玄，但我還是相信她了，因爲我還特地問過她的弟弟，女友弟弟跟我是前同事，一開始就是他介紹我們兩個認識的。

女友的弟弟說，女友說的都是事實，有時候女友把不好的東西帶回家的時候，阿嬤都會很生氣，因爲那些東西可能會危害到家人的生命，以及房子的安全。

我越聽越覺得不可思議，那些跟在女友身後的東西到底是多恐怖的惡靈啊？

直到那天親眼見識到之後，我才開始正視這個問題的嚴重性。

那天晚上我比較晚下班，正在公司收拾東西的時候，我接到了女友的電話。

「喂？你剛剛有回家嗎？」女友在電話中焦急地說，這個時間點來說，她應該已經回到家在休息了。

我說：「我還在公司，正準備要回去了，怎麼啦？」

女友的呼吸很急迫，她的聲音聽起來好像在害怕什麼似的：「等一下你先不要回家，我們先約在〇〇漢堡見面，我有事情要告訴你，有聽到嗎？總之你先不要回家就對了！」

〇〇漢堡是我家附近的一間連鎖速食店，我跟女友常常一起在那邊吃晚餐。

從女友的語氣聽來，家裡好像真的出事了，怕刺激到她的情緒，我只能先答應她。

離開公司後，我馬上趕到〇〇漢堡找到女友，只見她獨自一人坐在位置上發抖，桌面上空空的還沒點東西。女友穿著短上衣跟短運動褲，這是她的居家睡衣，平常是不會穿出門的。

「妳吃過了嗎？我可以先幫妳點……」

我打算用食物先讓女友緩和下來，沒想到她馬上打斷我說：「現在不是晚餐的問題，我們那個家現在已經不能回去了，我們要搬家，明天就搬，而且要快一點，越快越好！」

「嗄？」

「有東西跟著我回家了，最後還是預防不了，對不起……」女友放下緊繃的情緒，像是要宣洩一切似的，開始哭了起來。

女友說，她今天回家之前，一樣在附近繞了半個小時才回家，她有自信那些東西已經不再跟著她了。

她回家後的第一件事，就是先去浴室卸妝跟換衣服，她在浴室的時候，聽到房間裡傳來了聲響。

她本來以為我提早下班了，所以沒有多在意，但是等她出來看到房間的畫面後，她整個人崩潰了，手上只抓了手機、穿著居家服就逃到這裡，不敢再回去。

「家裡怎麼了？」我問女友，但她卻不願回答，只一直吵著說明天就要搬走。

「妳說要搬家也不是馬上就能搬，至少今天晚上還是要找地方睡覺吧。」

「我們先找旅館過夜，然後明天就找搬家公司來搬家，這段時間我們可以先搬回我家裡住，我的家人都能理解的，就是不要再回去了！」

我嘆了一口氣，說：「但我明天工作要用的東西還放在家裡，還有換洗衣物也要準備，我回家去拿這些東西，應該可以吧？」

女友咬牙瞪著我，看起來就是不想讓我去的樣子。

「我不會在家裡多停留的，拿了就走。」我說。

「一定要快點出來。」女友終於點頭。

我讓女友獨自留在○○漢堡，一個人回到家裡去拿東西，打開門後，我本來以爲會看到慘烈無比的畫面，但家裡的一切就跟我早上出門時一模一樣，什麼都沒改變過。

搞什麼，一切都是她自己在嚇自己嗎？聽到屋子裡有其他聲音，就以爲有東西跟著她回家了，唉……雖然在心裡這樣抱怨著，但答應女友的事情還是要做到，我到房間裡把明天上班要用到資料裝進包包裡，順便打包了我們兩人的換洗衣物。

該帶的都帶了，就在我準備要離開、走過客廳的電視時，我看到了。

我停下腳步，駐足在電視旁邊的櫃子前，目瞪口呆。

那個櫃子裡擺著許多我跟女友的合照，我們出去玩的時候，不管是國內或國外，我們都會選出一張合照擺在裡面，原本是充滿許多幸福回憶的櫃子，但現在卻完全不是那個樣子。

我跟女友在每張照片中的臉全都不見了，像是掉在地上被擦掉的嘔吐物，模糊成一塊令人作噁的顏色。

我從櫃子裡把一張照片從相框裡取出來，我用手指輕輕摸著照片的表面，臉部模糊的部分

並不是特殊加工，上面沒有任何痕跡，好像照片原本拍出來就是這個樣子的……

啪，喀啦喀啦。

櫃子裡似乎傳來什麼聲音。

我抬頭一看，發現櫃子裡每個相框的玻璃都以我跟女友的臉爲中心點，逐漸在玻璃上蔓延出蜘蛛絲般的裂痕。

我鬆開手，手中的照片像落葉般飄到地上，但我已無心再撿起來，而是轉身抱著行

李逃出家門。

回到○○漢堡，女友一看到我的表情，就問我：「你看到了嗎？」

我鐵青著臉點頭說：「看到了，那些照片是怎麼回事？」

「那代表那些東西想把我們趕出去，所以才把我們的存在從家裡抹滅，這種事以前在我家也發生過一次，阿嬤那時候……反、反正，繼續待在那個家裡會出事的。」女友的兩手在桌上握緊拳頭：「都是我的錯，對不起……」

我坐到女友的身邊輕輕抱住她，同時不停撫摸著她的背，但我沒有漏聽她剛才講到一半的話，看來上次發生這種事的時候，跟她阿嬤的去世也有關係……

之後，我跟女友先各自搬回父母那邊住，至於跟房東提前解約而拿不回來的押金，以及搬家費用等等都是由女友那邊支出，雖然我也想負擔一半，但女友那邊堅持要全付。

至於房東那邊，我們並沒有將搬家的真正原因告訴他，現在那間房子應該有人住進去了，但住進去的新房客後來有沒有出事，我們就不知道了。

我跟女友之後也找到新房子住了進去，只是爲了確定安全，女友現在拖延回家的時間越來越長，從拖延半個小時變成拖延一個小時、兩個小時……但我還是選擇保護她，繼續跟她在一起。

每天去接她下班、載著她在外面繞圈子已經是我的日常了。

或許未來的某一天，會有可怕的東西又跟著她一起回家，但沒關係，換個地方住就好了。

預計在今年結婚的我們，已經做好這樣的覺悟了。

國家圖書館出版品預行編目資料

歡迎光臨 鬧鬼路邊攤：細思極恐的驚悚鬼話/
路邊攤著. -- 初版. -- 臺北市：臺灣東販股
份有限公司, 2022.08
208面；14.7×21公分
ISBN 978-626-329-332-8(平裝)

863.57　　　　111009524

歡迎光臨 鬧鬼路邊攤
細思極恐的驚悚鬼話

2022 年 8 月 1 日初版第一刷發行
2024 年 8 月 1 日初版第二刷發行

作　　者　路邊攤
編　　輯　王靖婷
封面設計　水青子
內頁設計　竇元玉
發 行 人　南部裕
發 行 所　台灣東販股份有限公司
＜地址＞台北市南京東路 4 段 130 號 2F-1
＜電話＞（02）2577-8878
＜傳眞＞（02）2577-8896
＜網址＞ https：//www.tohan.com.tw
郵撥帳號　1405049-4
法律顧問　蕭雄淋律師
總 經 銷　聯合發行股份有限公司
＜電話＞（02）2917-8022